鬼の若様と偽り政略結婚二

～花嫁に新たな求婚～

編乃 肌

JN031239

スターツ出版株式会社

目次

鬼の若様と偽り政略結婚二
～花嫁に新たな求婚～

序章

今宵《こよい》も、向島《むこうじま》にある花街には灯《あか》りが絶えない。居並ぶ店先で、ゆらゆらと揺れる提灯の光に合わせ、あちこちで男女が艶《つや》を含んだやり取りを楽しんでいる。

その店の中の一軒である、老舗《しにせ》料亭『蝶乃屋《ちょうのや》』もまた、千客万来《せんきゃくばんらい》でお座敷はどこも大賑わいだ。呼ばれた芸者たちが唄《うた》に踊りにお囃子《はやし》と、宴《うたげ》を盛り上げてはやんややんやと客に喜ばれていた。

ここで下働きをしている吉野小春《よしのこはる》は、そんな座敷にあくせくとお酒と料理を運んで忙しくしていた。着古した木綿《もめん》の着物を翻《ひるがえ》し、休む間もなく板張りの廊下を駆けていたのだ。

それが今……なぜか小春は、仕事中にいきなり腕を掴《つか》まれたかと思えば、料亭の中庭に連れ出され、少女と見紛《みまご》う美少年に睨《にら》まれていた。

「あの……おはじきさん、どうされたんですか？」

「…………」

片腕を掴んだまま、少年は答えない。

『おはじきさん』と呼ばれた彼は、絹のような黒髪に、野暮《やぼ》ったい眼鏡を掛けていてもわかる、端正《たんせい》な顔立ちをしている。齢は十三になる小春より、三つか四つほど上。店の太客である社長の息子なだけあって、身形《みなり》もいい。

小春では逆立ちしても手の届かない、上質な正絹《しょうけん》の着物を纏《まと》って、帯にはこれまた値の張りそうな蒔絵根付《まきえねつけ》をつけていた。

「ええっと、聞いています？」

「ああ……」

「なにか怒っています、よね」

「………」

やっと少し反応を返してくれたが、また無言。

小春はちょっと困ってしまう。

しかし本来なら、彼はこうして一対一で小春が言葉を交わせるような相手ではないのだ。身分や立場が違い過ぎる。

きっかけは体調不良の彼を小春が気遣ったことからで、それ以来父親と店に来る度、彼はなにかと小春を構ってくれていた。

親切で優しい彼のことが、小春は大好きだ。

物心ついた頃には母を亡くし、この料亭に預けられてからの過酷《かこく》な労働生活。お給料もろくに貰《もら》えなければ、尋常《じんじょう》小学校にも通わせてもらえず、大女将《おおおかみ》に怒鳴られてばかりの毎日で、彼の優しさは小春の救いだった。

だからそんな彼から、わけもわからず睨みつけられているこの現状は、正直とても悲しい。

「ごめんなさい……私がなにか、おはじきさんを怒らせることをしてしまったんですよね。理由を教えてくれたら、もっとちゃんと謝りますから……」

「っ！　違う、小春は悪くない！」

おはじきさんは勢いよく否定する。大きな声は僅《わず》かに庭木の葉を揺らした。

「くそ……っ」

あくまで今は、庭の片隅で密会中なことを思い出したのか、バツが悪そうにする。

小春の腕を解放し、彼はくしゃりと片手で髪を崩した。すると眼鏡がずれ、素《す》の切れ長の瞳が露《あらわ》になる。

月明かりのない暗い夜でも輝く、特徴的な金の瞳。

何度見ても、小春は魅入《みい》られてしまう。

（やっぱり、おはじきみたいで綺麗《きれい》だなあ）

正しい名を知らぬ彼の、『おはじきさん』というあだ名はここから来ている。いつか名前を教えてもらい、ちゃんとその名前を呼んでみたい気もしたが、それこそ高望みというものだろう。

彼は眼鏡を直し、深く息を吐き出した。

「……俺の方こそすまない。小春に不埒《ふらち》な行動を取った客に、勝手に俺が腹を立てていただけだ」

「ふらちなこうどう……？」

「酔っ払いに絡まれて、ベタベタと体を触られていただろう」

一拍間を空けて、小春は「あっ、あれかな？」と思い出す。

配膳を終えてお座敷を出たところで、廊下で如何《いか》にも成金な小太りのスーツの男に、小春は確かに絡まれた。

酩酊《めいてい》状態の男には、小春が『半玉《はんぎょく》』と称《しょう》される芸妓《げいこ》見習いにでも見えていたようで、「小さくて可愛らしいなあ、私が旦那になってやろうかぁ？」などと嘯《うそぶ》き、小春の肩や腰を無遠慮に撫で回してきたのだ。

小春とて、不快な思いをしなかったわけではない。

だが悲しいかな、花街の料亭で働いていれば、あんなことは日常茶飯事だ。

あしらい方も心得ているので、やんわりと対処して自力で逃げた。おはじきさんに言われるまで、小春はそのことをすっかり忘れていたくらいだ。

「向かいの廊下から見えたんだ。すぐに駆けつけて助けてやりたかったが……父の手前、出遅れた。己の不甲斐《ふがい》なさから、小春に当たるような真似《まね》をした。みっともなかったな」

「そ、そんなことないです！　心配してもらえて、あの、嬉しいです」

小春は小さくはにかむ。

助けようとしてくれた、彼のその気持ちが有難《ありがた》い。小春の笑みに、やっとおはじきさんも相好《そうごう》を崩す。

「小春は強いな。……だが、やはりこんな瘴気《しょうき》の多いところに、俺は長くお前を置いておきたくない。あの酔っ払いの男だって、今にも鬼を生みそうな、醜悪《しゅうあく》で欲深な気配が遠くからでもわかった」

「また『瘴気』に『鬼』ですか」

おはじきさんの使う変わった表現は、小春にはイマイチ意味が理解しがたい。学のない小春にはわからない、高尚《こうしょう》な世界なのかもしれない。

そして決まって、おはじきさんはそれらの表現を持ち出した後、小春にこう言ってくれる。

「俺がいずれ、小春をここから連れ出す。必ず改めて迎えに行く」

……と。

胸躍る申し出だが、小春は「はい、お待ちしております」と答えながらも、本気にしないように気を付けていた。

実現でもしようものなら、死んでもいいというくらいきっと幸せなことだろうが、現実問題としてなかなかに厳しいだろう。心に予防線を張ることは大事だ。

「……信じていないな、さては」

「え、えっと」

しかしながら、小春の浅はかな予防線は、おはじきさんにしっかり見抜かれていたらしい。彼は眼鏡の奥の瞳を鋭くさせる。

「本気だぞ、俺は」

「で、ですが、あの……」

「何度も忠告するが、ここらは治安がよくない。先日だって、小春と同い年ほどの少女が、かどわかしに遭《あ》ったという事件も起きただろう」

「あの事件……高良《たから》さんもご存じなのですね」

とある大会社の社長の娘が、向島から大川《おおかわ》にかかる吾妻橋《あづまばし》を渡った先で、父と兄と夜の浅草《あさくさ》見物をしていた。だが好奇心旺盛《おうせい》な娘は、花街の灯りに惹《ひ》かれてこちら側に来てしまった。

そのまま、行方《ゆくえ》を眩《くら》ませて……といった内容だ。

目撃証言によれば、娘は何者かに連れ去られたようである。身代金の要求などもなく、現在も捜索が続けられている。

「実は数日前、その娘さんのご家族がうちの料亭にも、なにか知っていることはないか聞き込みにいらしていたんです。その子のお兄様だそうで……とてもとても、心を痛めておいででした」

その兄は、高良とそう歳の変わらぬ少年であったが、妹を見失ったことで責任を感じている様子だった。

固く握り締めていた拳《こぶし》に血が滲《にじ》んでいて、小春はつい「よかったら、こちらを使ってください」と手帛《ハンケチ》を差し出していた。気休め程度だが励ましの言葉も送れば、その兄は驚きながらも、礼を言って手帛を受け取ってくれた。

「一刻も早く、ご家族のもとに帰って来てくれるといいですよね」

母を喪《うしな》い、父は消息さえ不明で、天涯孤独《てんがいこどく》の小春からしたら、家族はいるだけで貴重な存在だ。無事を祈らざるを得ない。

物憂《ものう》げな表情の小春に、おはじきさんは「俺はお前の身を案じる話をしていたんだがな」と苦笑している。

「まあいい……他人を全力で思《おも》い遣《や》るのが、小春らしいからな。もう仕事に戻るだろう？　これをこっそり食べていけ」

「あっ、また……！」

着物の懐《ふところ》からお菓子の小箱を取り出し、おはじきさんは中身をコロンと、小春の水仕事で荒れた手に握らせた。

ふた粒あるそれはキャラメルだ。

高価な食べ物で、小春がおいそれと食べられる代物《しろもの》ではない。

けれどおはじきさんは、初対面時に礼だと小春に与えてから、その施《ほどこ》しを毎回のように行っていた。

(もちろん、初めて食べた時からキャラメルは大好きだけど……！)

こう頂いてばかりいては、贅沢《ぜいたく》に慣れてしまいそうだ。今日こそ思い切って、小春はキャラメルを突き返そうとするも、おはじきさんに「お前が要《い》らないなら捨てるだけだ」と先手を打たれる。

「俺は小春に与えるためだけに買っているからな。捨てるなんて勿体《もったい》ないこと、お前はさせないだろう？」

「……ズルいです」

負けた小春は、ううっと唸《うな》りながら着物の中にキャラメルを仕舞《しま》った。おはじきさんが優美に口角を上げる。

(本当に、この人とずっと一緒にいられたらいいのに)

彼の笑みに惚れ惚れしながら、やはり願ってしまう。

届かない遠い月にでも、小春は手を伸ばしている気分になった。

おはじきさんと別れて仕事に戻り、クタクタになった一日の最後に口にしたキャラメルは、極上の甘さと少しのほろ苦さを含んでいたのだった。

――この出来事のあとに程なくして、おはじきさんは料亭にぱったり来なくなる。

彼のいない間に、小春は癇癪《かんしゃく》を起こした大女将に店を追い出され、雪の夜に生死をさ迷うことになった。このまま凍え死んで、二度とおはじきさんとは会えないと絶望したものだ。

そこから奇跡的に助けてもらい、彼と再会して結ばれるにはまた紆余曲折《うよきょくせつ》あった。政略結婚の身代わり花嫁として、彼のもとに嫁いで再会を果たし、互いの正体がわかって、気持ちを確かめ合い……と、なんとも数奇な運命だ。

けれど、どんな運命を辿《たど》ろうと、小春はおはじきさんと交わした言葉も、もらったキャラメルの味も、なにひとつ忘れてはいなかった。

すべてがすべて、小春にとって大切な思い出なのだ。

一章　身分差婚は波乱の幕開け？

時は大正――。

新しい文化が花開き、人々の生活も目まぐるしく変化するこの時代。

小春は齢《よわい》十六になった。

料亭を追い出されてからは、縁《えん》あって華族である珠小路子爵《たまこうじししゃく》家の女中《じょちゅう》になり、体の弱い珠小路家の一人娘・明子《あきこ》の身代わりとしてここ、樋上《ひのうえ》家に嫁《とつ》いできたわけだが……小春は現在、その波乱万丈《はらんばんじょう》な半生《はんせい》を思えば、比べものにならないほど穏やかな生活をしていた。

（カラッと晴れた、清々《すがすが》しい朝だなあ）

季節は夏。

帝都の空は青く澄み渡り、生温《なまぬる》い風が小春の癖《くせ》のない真っ直ぐな髪を撫でる。

下働きから女中時代まで、早起きが骨の髄《ずい》まで染み付いている小春は、たとえ仕事がなくとも陽が昇れば目が覚めてしまう。二度寝もできず、そっと寝台《しんだい》を抜けて庭の散歩に出たわけである。

「あ、芙蓉《ふよう》の花だ！」

大きな葉に、白い大輪の花がついている。

庭で一際目立つ、沈丁花《じんちょうげ》の木は花の見頃を終えたが、こちらも華やかで目に楽しかった。

神田《かんだ》にあるこの樋上邸《てい》は、庭はもちろん建物も立派だ。二階建ての洋館と和館を組み合わせた、近年人気の和洋折衷《わようせっちゅう》な造り。小春たちが生活しているのは主に洋館で、白壁に柱や梁《はり》の骨組みが表に出たハーフティンバー様式が美しい。

和館の方は小春が来るまで、ある事情により封鎖されていたが、それも今となっては解決済みだ。度々、小春も出入りしている。

（もう少し歩いたら一度部屋に帰って、今日はお休みの高良さんのためにお菓子でも作ろうかな）

その後も家でゆっくり過ごすか。

どこかにぶらりと、ふたりで出掛けるのもいいかもしれない。

まだ寝ている夫となる人の麗容《れいよう》を頭に浮かべ、小春がふふっと笑みを漏らしていると、そこにエプロン姿の少女が走ってくる。

おさげ髪にソバカス顔の彼女は、樋上邸の新人女中である千津《ちづ》だ。

「小春様、ここにいらしたのですね！　高良様が……わわっ!?」

「千津さん！」

なにもないところで転びかけた千津を、咄嗟《とっさ》に小春は支える。

千津は「もももももも申し訳ございませんっ！」とあわあわ謝り、急いで体勢を起こした。

千津はこの通りドジな言動が目立つものの、小春とは歳が近く仲がいい。小春が本物のお嬢様……明子ではないと明かした時も、騙《だま》されたと怒ることもなく、真っ先に受け入れてくれたのが彼女だった。

明子のフリをしていた小春を、千津は『奥様』と呼んでいたが、今は小春が名前で呼んで欲しいと頼んだ形だ。

小春が気さくに「怪我がないならいいの、それでどうしたの？」と聞けば、千津は改めて要件を言い直す。

「高良様が、起きたら小春様がいないとお探しで……今すぐ高良様のお部屋へ向かえますか？」

「高良さんが？　す、すぐに行きます！」

もう彼が起きていたとは驚きだ。

芙蓉の花と千津に背を向け、小春は駆け出す。

かつて『おはじきさん』と呼んでいた、大好きな彼のもとへ、慌ただしく足を急がせた。

「お、おはようございます、高良さ……わふっ！」

「……小春」

ノックをして部屋に入れば、いきなりむぎゅっと抱き締められた。

六尺近くもある、高身長でしなやかな体躯《たいく》に、小柄な小春はすっぽり覆われてしまう。

「高良さんったら、朝から甘えん坊さんですか？」

もぞもぞと顔を上げれば、整った相貌《そうぼう》が至近距離で目に飛び込む。

黒檀《こくたん》色のサラリとした髪に、シャープな輪郭《りんかく》の顔にはパーツが完璧な配置で収まり、とりわけ切れ長の瞳は魅力的だ。この家の次期当主でもある樋上高良は、誰もが認める美男子である。

（こんな美しい人が、私の旦那様になるんだよね……）

おはじきさんと呼んでいた頃に比べ、少女のような線の細さは消えて、男らしい色気も身についている。

おまけに普段着は洋装の多い彼だが、今は寝間着《ねまき》の紺《こん》の浴衣《ゆかた》姿。それもまた艶っぽくて、見慣れてきたはずの小春でさえドキドキした。

高良は寝起きの掠《かす》れた声で「起きたら隣に、小春がいなくて肝を冷やした」と囁《ささや》く。

「どこかにいなくなったのかと思ったぞ」

「す、すみません！　先に起きたんですけど、よく眠っていらしたので……高良さんを起こさないように、気を付けて庭の散歩に出ていました」

「そういう時は起こしてくれ。せっかく小春と共寝《ともね》できる朝は、夫婦らしく迎えたいんだ」

「夫婦らしく……わ、わかりました」

コクコクと赤い顔で頷いた小春に、高良はやっと腕を緩めてくれた。

ただ『夫婦』といっても、ふたりはまだ籍も入れていなければ祝言《しゅうげん》もまだで、何度か共寝しているだけの清い関係だ。普段の寝室だって今のところ別々である。

というのも、高良父から結婚のお許しが、まだ正式に出ていないのだ。

息子と華族令嬢の政略結婚を目論《もくろ》んでいた高良父は、小春との結婚に烈火《れっか》のごとく怒って反対した。そこを高良が説き伏せ、どうにか高良父が住む赤坂《あかさか》の別邸にて、手始めに小春との初顔合わせを取り付けたのが、つい先週のこと。

しかしその大事な場は、直前でおじゃんになった。高良父に急な出張の仕事が入り、延期になったのだ。

その間にもまだしつこく、高良に「今からでも考え直せ」と訴えているようで、もう高良は勝手に祝言を挙げる強硬手段も考えているとか。

（高良さんのお父様がおっしゃる通り……花街育ちで教養もない私では、身分不相応だということもわかっている）

華族のご令嬢と比べられると、どうしても引け目を感じてしまう。その戸惑いが時折、小春の胸に暗い影を落としていた。

そんな小春に対し、高良の方は一刻も早く結婚して、小春を囲い込みたくてたまらないようだ。離れ離れになっていたところ、やっと手元に来た小春を手放す気はないらしい。

（私だって、高良さんともう離れたくない。お父様にも認められて、早く正式な夫婦にもなりたいよ。けど……）

小春は縋《すが》るように、高良の着物の裾《すそ》をさりげなく握る。

（……やっぱり私は、高良さんにふさわしくないのかな）

結婚を控えた世の花嫁は憂いを覚えるともいうが、小春のこれもそうなのか。高良といられる今が幸せなほど、どんどん不安になっていく。

けれど高良に悟られたくはなく、後ろ向きな気持ちを振り払うよう「た、高良さんは一日お休みでしたよね？」と、小春は明るく話題を変えた。

「今日はどうやって過ごしますか？　私は西洋のお菓子を作りたいなと思っていて、高良さんに食べてもらえたらと……あっ！　よかったらまた、勉学も教えて頂きたいです！」

「小春の作る菓子は楽しみだ」

寝台にふたりで腰掛け、並んで予定を立てる。

高良はすぐ話題に乗ってくれた。

彼の部屋には余計な調度品はなく、この簡素だが質のいい寝台と、中央に無垢材《むくざい》の机があるだけだ。その分、小春たちの声はよく通る。

ふたりきりの会話を楽しむ様は、まるで在りし日の、料亭での秘密の逢瀬《おうせ》のようだった。

「勉学も小春は覚えがいいからな。俺としても教え甲斐がある」

「そ、それは、高良さんの教え方が上手いからで……」

「謙遜《けんそん》することはない。小春ならきっと、女学校に通っていてもいい成績を取れただろう」

「学校ですか」

尋常小学校にも通っていない小春が、明子のような良家の子女しか行けない女学校など、夢物語である。

（それこそ、ご令嬢としての教養がないとついていけないよね。勉強は好きだし、憧れないことはないけれど……）

現状、小春は高良に教えてもらえるだけで満足だった。

「じゃあ今日は、お菓子を作って、お勉強をして……お出掛けなどはされますか？」

「いや、外出は……」

一瞬、高良は顎《あご》に長い指を添え、難しい顔で考え込む素振りを見せた。

小春がどうしたのだろうと疑問を口にする前に、彼はふるりと首を横に振る。

「……屋敷からは出ないでおこう。俺も久方ぶりに、表の仕事も、裏の仕事もない日だ。小春とただ一緒にいたい」

殺し文句つきで微笑《ほほえ》まれたら、小春としては是《ぜ》とする他ない。

高良の表の仕事とは、父の会社の手伝いだ。高良父は『樋上商会』という大きな会社を持ち、貿易の他にも手広く事業を行っている。

最近の高良は手伝いを越え、社長代理としても活躍しており、その手腕は音に聞くほど……ただ仕事においては冷淡な判断も下すため、〝鬼の若様〟などという異名《いみょう》もある。

（社員の人にも、高良さんは畏怖《いふ》されているんだっけ）

そんな彼が無条件で、甘く優しい顔を見せるのは小春の前でのみだ。

また異名に関しては、裏の仕事でも別の意味で呼ばれており……。

「――奥様とおくつろぎのところ、失礼致しますよ」

そこで開けっ放しの扉から、上質な三《み》つ揃《ぞろ》えに身を包み、モノクルをつけた青年がスッと部屋に入ってきた。

途端《とたん》、一気に高良の眉間《みけん》に皺が寄る。

「常々言っているが、俺の許可を待たずに入るな」

「これは失敬《しっけい》。ですが緊急事態ですので」

冷ややかな高良の態度にも臆《おく》することなく、タレ目を緩めて平然と返すのは、高良の専属秘書である真白涼介《ましろりょうすけ》だ。高良にとっては幼馴染であり、共に育った兄弟のような間柄でもあった。

真白は茶色い長封筒を手にしていて、寝台まで来て「これを見てください」と、高良に手渡す。高良は訝《いぶか》し気《げ》に封筒を眺《なが》めた。

「なにか入っているな……」

封筒はこんもり膨れていて、固く丸い物が入っているようだ。宛先に高良の名があるだけで、送り主の名前はない。

なにより纏わりつく黒い靄《もや》に、高良の横で小春も身動《みじろ》ぎをする。

「高良さん、これって……」

「ああ、瘴気だな」

〝瘴気〟とは、人の負の感情の集合体。

他者への怒りや憎悪、妬《ねた》みや強い欲などは、胸奥から外へ滲み出て時に瘴気へと変わる。そして瘴気は〝鬼〟という化け物を生み、人々に知らず知らず悪影響を及ぼすのだ。

荒唐無稽《こうとうむけい》な話だが、封筒に蔓延《はびこ》る瘴気が一目瞭然《いちもくりょうぜん》な証拠。……とはいっても、瘴気は誰にでも見えるわけではない。

一部の者に宿《やど》る〝見鬼《けんき》の力〟が必要だ。

ただこれは、あくまで見えるだけの力である。

「私や奥様のように見鬼の力があっても、当然ながら瘴気は祓《はら》えません。その封筒は郵便物に紛れておりましたが、ここは高良様の判断を仰ごうかと」

カチャリと、真白はモノクルを指先で上げる。

彼の言うように、小春もこの屋敷に来てから見鬼の力が目覚めた口だが、瘴気を清めて浄化することは、〝祓い屋〟と呼ばれる、さらに一握りの才ある者たちにしかできない。

その中でも〝鬼の血〟を引く高良は、一等強い力の持ち主である。

「……この瘴気は祓っておくか」

高良は封筒を手にしたまま、長い睫毛《まつげ》を伏せる。そのまま集中して念じると、封筒にボッと橙《だいだい》の火が灯《とも》った。

「わっ！　ひ、火が……!?」

「〝鬼火《おにび》〟だ。小春に見せるのは初めてだったか？」

これは高良にだけ使える特殊な能力で、彼の生み出す火は瘴気や鬼だけを燃やせるのだという。

高良は亡き母が祓い屋の一族の出であり、その一族がまた、祓い屋の中では特殊な位置づけだった。先祖が鬼を喰うことで祓ってきたため、鬼の血を取り込んで他とは違う力を手に入れたわけだ。

高良の鬼の血の特性は、小春にも知らぬことがまだまだありそうだ。

(てっきり、火事かと焦っちゃったよ……)

胸を撫で下ろす小春の横で、パチパチと爆《は》ぜる火と共に、黒い靄はあっという間に消滅した。

「こんなところか……」

瘴気がなくなったところで、ビリッと高良は乱雑に封筒の口を開ける。

中には一枚の手紙と、黒い括《くく》り紐《ひも》のついた、一寸にも満たない小さな赤い鈴が入っていた。膨らみの正体はこれだったらしく、高良は紐を摘まんで持ち上げる。

錆《さ》びているのか、持ったくらいでは音は鳴らなかったが、左右に揺らせば微《かす》かに鳴った。

リィンと、どこか物悲しい音。

「瘴気のもとはこの鈴だな。封筒の内側には術がかかっている……ある程度は術で瘴気を抑えていたようだが、完全には抑え切れず、封筒から漏れていたようだ」

「では送り主は、祓い屋さん関係でしょうか？」

「ああ。この雑な術の掛け方には覚えがある」

素早く高良は手紙にも目を走らせ、クシャリと鈴ごと握り潰すと、渋々といったふうに立ち上がった。

高い位置から、片手でポンポンと小春の頭を撫でてくる。

「できるなら、お前とゆっくりしたかったが……少し確認を取るために、火急《かきゅう》で向かわなくてはいけない場所ができた。昼過ぎには戻るから、先に菓子を作っておいてくれるか？」

やはり、祓い屋関係でよからぬことが起きているらしい。

（詳しく聞きたいけど……無理に首を突っ込むのもよくないよね？）

小春は「お気を付けていってらっしゃいませ」と笑みを繕《つくろ》う。

高良も「行ってくる」と返した。

車を出すよう、真白に指示する高良の背中を見つめながら、小春も思考を切り替えて、多忙な高良を癒《いや》せる菓子を作らねばと気合いを入れた。

「――できた！」

樋上邸の広い台所にて。

小春は髪を手拭いでまとめ、青い紗《しゃ》の着物を襷掛《たすきが》けした格好で胸を張った。

目の前の台には、皿に載せられた四角く黄色い、軽い弾力のある菓子が何皿か置かれている。西洋の菓子、カスタードプディングだ。

「凄《すご》いです、小春様！　私、プディングって見たことはあっても、食べたことはなくて……簡単に作れてしまうのですね！」

共に作業をしていた千津が、キラキラした尊敬の眼差しを小春に注《そそ》ぐ。

小春は「私も作ったのは初めてで」と苦笑した。

カスタードプディングは、牛乳や玉子、砂糖などを混ぜて、香料にレモン汁を足し、型に入れて蒸したもの。庶民の間ではまだまだ馴染みが薄く、ハイカラな食べ物という認識だろう。

小春も皿の傍に広げてある、作り方の書かれている帳面がなければ、完成などさせられなかった。

(亜里沙《ありさ》さんにお借りしておいてよかったたな)

高良の従妹である十歳の少女・亜里沙は、大好きな高良お兄様に近付く小春を初めは敵視していた。

しかし、鬼に取《と》り憑《つ》かれた彼女の愛猫を、小春が助けるのに一役買ったことで、今や小春を『お姉様』と呼んで慕っている。

プディング以外にも菓子の作り方をまとめた帳面は、もともと亜里沙の家の使用人が所持していたものだ。それを亜里沙が興味本位で譲《ゆず》り受《う》けて、小春にも快く貸してくれたのである。

「帳面をお返しする時に、亜里沙さんにお礼しなくちゃね。でもここ数日、なんでかこちらにいらっしゃらないよね。ちょっと前までは、学校が終わってからとか、頻繁《ひんぱん》に寄っていらしたのに……」

「巷《ちまた》で物騒な事件が相次いでいますから。さすがにお転婆《てんば》な亜里沙様も、自由に出歩けないのではないかと」

「物騒な事件……？」

隣の千津が漏らした情報は、小春には初耳だった。

きょとんとしていると、千津は「あれ？　小春様、ご存じありませんか」と驚き、詳細を教えてくれる。

なんでもここ数日の間に、帝都のあちこちで何件もの傷害事件が起きているという。

普段は大人しい者がいきなり凶暴化し、その辺の無関係な人々に殴りかかったり、物を振り回して暴れたりしているそうだ。

加害者は本当に正気を失っているようで、フッと糸が切れたように落ち着いた後は、暴れた記憶すらないとか。

おかげで加害者も被害者も増える一方で、警察も手を焼いているそうだ。

「加害者は薬物の類《たぐ》いでおかしくなったのでは、とも囁かれておりますが、そうではないようで……。謎だらけで怖いですよね」

「そんなことが……私、まったく知らなかった」

よく考えたら小春が最後に屋敷から出たのは、赤坂の別邸へ高良父に挨拶《あいさつ》しに行った日だ。結局、高良父には会えなかったわけだが……あの日は仕方なく、高良と外食だけして帰宅した。

あれ以来なら、世情《せじょう》にも必然的に疎《うと》くなってしまうだろう。

(高良さんが屋敷から出ないでおこうって言ったのは、もしかして事件のせい？　そんなことが続いているなら、珠小路家の皆さんは大丈夫かな……)

高良も無事に帰ってくるのか、小春は俄然《がぜん》不安になってくる。

浮かない様子の小春に、千津は要らぬことを教えたと反省したようだ。「あっ、で、でも！」と、一生懸命にお茶を濁《にご》す。

「一過性の事件というか、夏の暑さでおかしくなっているだけですよ、きっと！　すぐに解決します！」

「そ、そうだよね……うん」

「そんなことより！　プディングを先に、使用人のみんなへ差し入れしに行きましょう！　高良様にお出しする前に、みんなで味見です！」

お盆にさっさと、皿を載せていく千津。彼女のこういう楽天的なところには、小春も励まされている。

ふたりは揃って台所を出た。するとちょうど、廊下の先に真白の背中を見つける。彼は高良を送り出しただけで、今回は同行していなかったらしい。

「真白様！　見てください、小春様がプディングを作られて……！」

タッと駆け寄る千津を、小春も追う。

真白は「おや、千津さんに奥様？」と振り返るも、その顔は常に冷静沈着な彼にしては、強い焦燥《しょうそう》が見て取れた。数時間前にはなかった表情だ。

先ほどの不安が頭をもたげ、小春は嫌な予感を抱く。

「あの、真白さん……なにかありました？」

「ええ……高良様がいらっしゃらない間にこのようなこと、頭が痛いのですが……亜里沙様がお怪我をされたのです」

「亜里沙さんが!?」

小春は驚愕《きょうがく》の声を挙《あ》げ、千津もお盆を落としかける。

嫌な予感は的中していた。

亜里沙は案の定、学校以外で不要に出歩くことを、両親に厳しく禁止されていたが、お供の書生《しょせい》を連れて樋上邸にこっそり向かっていたらしい。その道中、例のごとくいきなり凶暴化した見知らぬ男に襲われたそうだ。

男は亜里沙たちの乗る車に石を投げつけ、降りてきた運転手に殴り掛かったというのだから明らかに正気ではない。

書生が男からなんとか運転手を助けるも、殴られた運転手は運転をできる状態ではなく、男が追いかけてくる前に亜里沙らは車を捨てて走った。ひとまず、もう目前だった樋上邸に逃げ込んだ形だ。

「そんな……け、怪我はどの程度のものなのですか!?」

「亜里沙様は走っているうちに転んだだけで、足をくじいた程度です。運転手の方が、顔や頭を負傷していますね。うちの者が医師のもとへ連れて行き、書生さんは食堂で、亜里沙様は応接室で、それぞれ休ませております」

車は樋上家の下男《げなん》が取りに行ったそうだが、もう男は捕まった後で、警察は後ほど亜里沙らにも事情聴取《ちょうしゅ》をしたいとのことだ。

小春と千津がプディング作りに勤《いそ》しんでいる間に、なにやら大変なことになっていた模様である。

「小春様、このプディング……亜里沙様たちに差し入れしたらいかがでしょうか？」

こそっと千津がしてきた提案に、小春も「うん」と首肯《しゅこう》する。

「千津さんは書生さんの方に持って行ってあげて。私も亜里沙さんの様子を見に行きます。お茶の用意もお願いしていい？」

「かしこまりました！」

お盆からひとつずつプディングとスプーンを取って、小春は真白と応接室に向かう。

真白はもとより、亜里沙のもとに話を聞きに行くところだったようだ。

「亜里沙さん、入りますよ」

そうっと、小春は一階の応接室に入る。

生成《きな》り色の壁に囲まれた空間では、臙脂《えんじ》のソファに黒のラウンドテーブル、重厚に聳《そび》え立つ柱時計、大理石のマントルピイスなどが、品よく調和して配置されていた。

そこでソファに座っていた亜里沙が、「小春お姉様！」と立ち上がろうとする。

「痛っ……！」

「ああっ、ダメですよ！　足を怪我したと聞いたので、どうか安静に！」

足の痛みで結局立てず、ぽふんっとソファに逆戻りした亜里沙に、小春は慌てて走り寄った。

独逸《ドイツ》人とのハーフである亜里沙は、波打つ色素の薄い茶髪に、パッチリとした灰色の瞳、きめ細かな肌と、お人形さんのように愛らしい容姿をしている。本人の趣味で薔薇《ばら》模様を大変好み、本日も大輪の赤薔薇が描かれた、豪奢《ごうしゃ》な縮緬《ちりめん》の着物を纏ってい た。

その着物から覗《のぞ》く左足が、包帯でグルグル巻きにされているのが痛々しい。

彼女は怒り心頭で、ポフポフと膝に載せたクッションを叩《たた》く。

「自由に立てもしないなんて……まったく、酷い目に遭いましたわ！　噂にはなっておりましたけれど、車にいきなり石をぶつけてきたのですよ？　間違いなく異常ですわよ、あんなの！」

亜里沙は怪我を負ったことや襲われたことへの恐怖より、怒りの方が何倍も強いらしい。そのおかげか予想より元気そうで、小春もホッとする。

おまけに亜里沙は、小春がテーブルに置いたプディングにも「まあ、もしかしてお姉さまが作られたの!?」とすぐに食い付いた。

「亜里沙さんからお借りした帳面を参考にしたの。気分転換にどうかなと……」

「もちろん頂きますわ！　わたし、プディングは大好きなんですの！」

スプーンを器用に使って、さっそく亜里沙はプディングを食べ始める。さすが生粋《きっすい》のお嬢様なだけあって、小春がいまだ慣れないスプーンやフォークも、彼女はお手のものなようだ。

「とっても美味しいですわ！」

「それならよかった。運転手さんも軽症ならいいのですけど、亜里沙さんはひとまず大事なくて……」

「ミャア」

「あっ、マロさんもいたのね」

小春が亜里沙の隣に腰かければ、ソファの下からスルリと猫が出てきた。毛並みのいい三毛猫は、名の由来になった愛嬌《あいきょう》のある麿眉《まろまゆ》をしている。

「マロも大活躍でしたのよ。犯人を引っ掻いて威嚇《いかく》して、私を守ってくださいましたの」

「へえ、マロさんが……！」

書生と一緒に、主を助けて奮闘《ふんとう》したようだ。おっとりしていそうなのに、勇敢な猫である。

小春がよしよしと擽《くすぐ》れば、マロはゴロゴロと喉を鳴らした。

「さて……落ち着かれましたら、亜里沙様には念のため、襲われた時の状況をもう少し詳しくお話しして頂きたいです。高良様に後程、ご報告致しますので」

亜里沙がプディングを完食し、千津が運んでくれた紅茶まで飲み干す頃。黙して待機していた真白が、警察より先に事情聴取を始めた。

亜里沙は「詳しくと言いましても……」と、丹花《たんか》の唇を尖《とが》らせる。

「真白に先ほどお伝えした通りでしてよ」

「もっと些細《ささい》なことでもよいのです。犯人の変わった点などは？」

「ですから、なんの変哲《へんてつ》もない普通の殿方でしたわ！　あのような行動、とてもされるようには……ああ、でも」

ふと、亜里沙はそこで思い当たったようだ。

「鈴がどうのと、ブツブツ呟《つぶや》いておりましたわ」

「鈴、ですか」

小春も温かい紅茶を飲みながら繰り返す。脳内で結びつけたのは、何者かが高良に送りつけた代物だ。

「そうそう、思い出しましたわ！　犯人の殿方は、着物の帯に鈴をつけておりましたの！　赤薔薇のように真っ赤な鈴ですわ！」

妙にそれが亜里沙は気になったという。

鈴などいくらでも同じものはあるだろうが、小春はどうしても関連性を疑ってしまう。真白も目が合うと、同意の意でコクリと頷いた。

（まさか他の事件にも、あの不気味な赤い鈴が関わっているの？　つまりこれは、鬼や瘴気が絡んだ事件……？）

不穏な気配に、小春は着物の合わせの前できゅっと拳を握る。

「お姉様？　顔色が優れませんが、どうかされました？」

「ああ、いえ……」

「怖がることなどありませんわ！　なにがあってもお姉様のことは、必ず高良お兄様が守ってくださいますもの。ねえ？　マロ」

「ミャアミャア」

小春が怯《おび》えているのかと勘違いし、自分こそ襲われた後だというのに、亜里沙はマロと一緒に小春を勇気付ける。気丈な亜里沙に、小春は「ありがとう、亜里沙さん」と笑い返した。

それから亜里沙は、両親がじきじきに迎えに来て、己の屋敷へと帰っていった。

彼女の両親はそれはもう心配したようで、独逸人の亜里沙母は青い瞳に水の膜を張っていて、亜里沙父はさすがに娘のお転婆に雷を落としていた。

それらを受けて、今回ばかりは亜里沙も反省したらしい。申し訳ありません……と萎《しお》れる亜里沙を、両親は力一杯抱き締めた。

そんな家族の光景に、小春はちょっぴり羨《うらや》ましくなったものだ。

（私には珠小路家の皆さんも、樋上家の皆さんも……高良さんだって、いてくださるのにな）

昔なら小春にとって『家族』とは、貴重な存在であると同時に、縁のない遠い存在だった。今さら実の父母を恋しがるなど、幸せな環境にいて贅沢になったのかもしれない。

亜里沙たち家族を見送って、小春はふうと複雑な溜息をついた。

それから——高良が帰ったのは、予定よりもずいぶんと遅い夜だった。

「ただいま、小春。遅くなってしまったな」

「お帰りなさいませ、高良さん」

スーツ姿の彼は、玄関で紺のネクタイを緩め、上着を脱ぐ。その上着を即座に、迎えに出た小春が預かった。

(今のやり取り、新婚さんっぽかったかも……)

上着を抱えて面映《おもは》ゆくなる小春に、高良も一緒なことを思ったようだ。「嫁に出迎えられるのはいいものだな」と口角を緩める。

真白が呆れるような甘酸っぱいやり取りを経て、ふたりは夕食の席に着いた。

食堂は応接室と同じ生成り色の壁に、色ガラス入りの窓、花の透かし彫りが施されたシャンデリアと、優雅に食事が摂れる場となっている。

中央には無垢材の長い食卓があり、並ぶ本日の夕食は、小春作の醤油《しょうゆ》を使ったカレーライスだ。

明治の頃までカレーライスは高級料理であったが、今は大衆化が進んでいる。洋食の中でも特に庶民にも親しまれ、家庭の味となりつつあるそれに、小春も初挑戦してみた。

「い、いかがですか？」

「ん……よく煮込まれていて旨いな」

とろけたジャガイモを一口含み、高良は素直な賛辞を述べる。彼は食べ方が綺麗な上にちゃんと感想をくれるため、小春としても作り甲斐があった。

食後に出すことになった、改めて作り直したプディングも、きっとお気に召してくれるだろう。

「……それで、事件のことだが。まさか亜里沙まで被害に遭うとはな」

小春と高良はしばらく、向かい合わせでカレーを食べ進めていたが、ふと高良が神妙な顔で切り出した。

ピタリと、小春もスプーンを動かす手を止める。

「身内が巻き込まれたとなっては、いよいよ俺も無視はできない。加害者が例の鈴を持っていたとなると、ただの通り魔ではないからな」

「やはりあの赤い鈴は……誰かに意図的に作られた〝鬼物《きぶつ》〟、なのでしょうか」

る。


人の怨念《おんねん》が籠《こも》った物を、祓い屋たちは鬼物と呼ぶ。

鬼物は瘴気を纏っていずれ鬼を生み、持ち主の精神を狂わせる。例の赤い鈴が鬼物だとしたら、亜里沙を襲った犯人は、帯についていた鈴のせいで気が触れたことになる。

ゆっくりと、高良は首肯した。

「ああ、なかなかに厄介な鬼物だ。あの鈴は量産されていて、帝都の何ヵ所かで、あの手この手で散蒔《ばらま》かれているようだ」

「そんな危険な物が、たくさんの人の手に……」

「確かめに行ってきたが、一連の事件の加害者たちは、全員あの鈴を所持していた。精神錯乱の原因はそれだな」

ということは、散蒔いている『犯人』もいるということだ。

目的はまったく不明だが、悪質極まりない。

「でも、確かめにって……高良さんは、封筒の送り主さんのところに向かわれていたんですよね？　祓い屋仲間さんですか？」

「仲間に違いはないが……おひい様は、祓い屋たちのまとめ役だ」

「おひい様……」

その呼び方からして、身分のあるまだ年若い女性か。

祓い屋は基本、個人や一族単位で活動しており、決してひとつの団体というわけではない。そのため『まとめ役』といっても、任意参加な祓い屋同士の助け合いの会であり、おひい様はその頭というだけだとか。

しかし、その会……通称『鬼姫の会』は、全国各地の祓い屋が集まる、なかなかに巨大な組織らしい。

「おひい様は、警察や政府の要人にも顔が利く。瘴気や鬼絡みの事件なら、彼女のもとに自然と情報が集まってくるんだ」

「高良さんはその、『鬼姫の会』の一員なのですか？」

食べかけのカレーを横目に、小春は半信半疑に尋ねた。

高良はどちらかというと性格上、そういう組織に属することを煩《わずら》わしく思いそうなのに、と。

「……一応な。ご隠居に勧められて、籍は置いている」

ご隠居は、高良の祓い屋の師匠である。今は引退しているものの、世話になった相手の勧めでは、高良も断れなかったのだろう。

またそのおひい様は、先祖を辿れば高良と同じ鬼喰いの一族なのだそう。そのため向こうからは、同族という認識でなにかと構ってくるらしい。

「今回、あの封筒を送ってきたのは会の者で、延《ひ》いてはおひい様の指金《さしがね》だった。帝都で起こっている事件がなかなかに厄介なため、会の祓い屋を集めて事の終息《しゅうそく》を計りたいと。つまりは協力要請だ」

ふう……と、高良は一息つき、グラスに入った水を飲む。

高良は手紙を受け取り、おひい様のもとへ行って要請を受けたところで、最初は断るつもりだったという。「小春との祝言を控えているからな」と真顔で言ってのけた彼に、小春は面食らう。

「た、高良さんのお父様にも、まだ認めてもらえていませんし！　事件の解決を優先して頂けたら……！」

「ちゃんと要請には応じるさ、亜里沙のこともあるからな。だがな……」

心なしか不貞腐《ふてくさ》れたように、高良は続ける。

「父がどれだけ反対しようと、俺は小春を嫁にするからな」

「た、高良さん……でも」

「早く祝言も挙げて、小春を名実ともに俺のものにしたいんだ」

真っ直ぐに自分との結婚を望まれて、小春の胸が高鳴る。結婚に対して引け目はあれど、望む気持ちは紛れもなく本当だ。

（高良さんはいつだって、惜しみなく愛情をくださる……もっとこちらからも返せないかな？）

よしっ！と息巻いて、小春も席を立って前のめりになる。

「私にも、事件解決のために手伝えることはありませんか？　見鬼の力しかありませんが、瘴気にはそれなりに強いみたいですし……お、お役に立ちたいです！」

小春としては、祓い屋関係で役に立つことができれば、少しは高良にとってふさわしい嫁になれるのではないか、という思いもあった。

必死な小春に、高良は苦笑する。

「お前はいてくれるだけで、俺の力になるんだがな。実はおひい様から、小春を連れて来るようにも頼まれている」

「え!?」

まさかのあちらからのお呼び出しに、小春は虚を突かれ、ひとまずストンと座り直す。

渋面を作る高良からは、本意ではないと伝わってきた。

「小春のことは、おひい様はご隠居から聞いていたようだ。単純に俺の嫁が見てみたいという、興味本位半分……瘴気に強い小春の体質も気になったそうでな。ご隠居も以前、祓い屋の血を引いている可能性があると話していただろう？」

「はい、心当たりはまったくありませんが……」

「そのことについて俺が調べていることも、おひい様に把握されていた。彼女は小春のご両親について知っていると、情報をチラつかせてきたんだ」

「私の……両親……」

亜里沙とその家族の光景が、小春の頭に甦《よみがえ》る。

そこまで己の出生《しゅっしょう》に、小春は興味も執着もないはずだった。

だけどやはり、環境に伴う心境の変化に加え、こうして両親について知る者がいるというのなら、どうしても気になってしまう。

「俺の意見は変わらず、小春を祓い屋関係に深入りさせることは気が進まない。だがおひい様は、小春を自分のもとに連れて来なければ、情報は教えないと……」

「交換条件、ですね」

「意地の悪いお人なんだ、基本」

苦い気分を噛んで呑《の》み込《こ》むように、高良はカレーを食べる手を再開する。小春も再びスプーンを動かしながら「……でも、お会いしてみたいです」と控え目に希望を述べた。

小春がそう答えることは、高良もわかっていたようだ。

「可愛い嫁に望まれたら、俺は否《いな》とは言えない。……明日また、今度は小春も共に、おひい様の屋敷へ向かおう。久しぶりのふたりで外出だな」

「粗相《そそう》のないよう、頑張ります！」

シャンデリアの下で、高良と小春は微笑み合う。

窓の色彩豊かな色ガラス越しでは、そんな彼等を見守るよう、月が煌々《こうこう》と輝いていた。

※

おひい様の屋敷は、さほど樋上邸から距離のない日暮里《にっぽり》にあった。大きな平屋の日本家屋は、華族の家でもなかなか見ないほど年季が入っている上に、格式高く立派だ。

その屋敷を目指し、小春と高良は門をくぐって広い庭を横切る。庭には様々な花木が植えられていて、どれも手入れが行き届いている。

（あれ……桜？）

その中でポツンとひとつだけ、奥まったところに隠れるように立つ桜の木が、小春の目を惹いた。

その木はもう夏の盛りだというのに、薄桃の花が満開だったのだ。

まるでそこだけ、春のまま時間が止まったような狂い花。

花弁《はなびら》がヒラリと落ちる様を、小春は不思議がりながら目で追い、高良の一歩後ろを進んだ。

「ようこそおいでくださいました。樋上高良様、その奥方様」

玄関扉の前まで着くと、黒いお仕着せ姿の初老の女中が、小春たちを恭《うやうや》しく出迎えてくれた。「奥の座敷でおひい様がお待ちです」と案内され、素直に女中についていく。

（き、緊張してきた……。高良さんのお嫁さんとして紹介されるのだし、気を引き締めていかないと！）

チラリと小春は、板張りの廊下を長い足で歩く高良を窺う。

上質な檳榔子黒《びんろうじぐろ》の、紋付袴《はかま》姿。

おひい様に会うには礼装が必須とのことで、紋付袴で身形を整えたわけだが、高良のスラリとした肢体《したい》がより美しく映えている。凛とした佇《たたず》まいといい、溜め息をつきたくなる男前に仕上がっていた。

（いつにも増して、高良さんが素敵で困ってしまう……！）

対して小春は、高良から贈られた浅葱《あさぎ》色の訪問着だ。

涼し気な色合いの中に、大花と小花が浮き立つように咲いており、なんとも可憐な装いとなっている。半衿《えり》や帯も華やかな柄入りのもので、頭は下げ髪に大きな紅色のリボンを結んだ。

　また、帯にはつまみ細工の飾りの他、隠れるように蒔絵根付もついている。この根付はもともと高良母の形見で、丸い形に撫子《なでしこ》の花が漆《うるし》で描かれていた。

　江戸期の名のある蒔絵師の作品ゆえ、それだけでも価値は計り知れないが……一度、小春の窮地《きゅうち》を救ってくれたお守りでもある。

（身に付けている物だけなら、高良さんと並んでも見劣りはしないはずだよね。問題なのは、ちんちくりんな私に似合っているかで……）

　小春が悶々《もんもん》と悩んでいるうちに、おひい様のいる座敷に到着してしまったようだ。

　女中が「失礼致します、お客様をお連れしました」と障子戸《しょうじど》を開ける。

「──おおっ、来たか！　待ちくたびれたぞ！」

「えっ……」

　初めて相対するおひい様を前に、小春は丸い目をさらに真ん丸にした。

　二十畳はあるだろう、二間続きの和室。

　絢爛《けんらん》たる枝垂《しだ》れ桜の意匠《いしょう》が施された襖《ふすま》を背に、座椅子に深く腰掛けていたのは、十《とお》もいかぬ歳の童女《どうじょ》であった。

　おかっぱ頭に、くりくりとした瞳。なだらかな曲線を描く頬《ほお》と、どこをとっても容姿は子供らしくて愛らしい。朱色の着物の上に、桜色の被布《ひふ》を身に付けており、左右の胸元には被布飾りもついていた。彼女が動く度、その飾りの白い房《ふさ》がユラユラと揺れる。

これから七五三に行くと言われたら納得するような……こんな童女が、本当に祓い屋をまとめるおひい様なのか。

小春は失礼ながら信じられなかった。

(だって、いくらお若いといっても若過ぎるもの！)

だがそこはかとなく、子供に似つかわしくない威厳も感じる。

戸惑う小春に、おひい様は「ほっほっほっ！」と豪快に笑った。

「なんだ、高良はうちのことはまだ説明しておらぬのか。嫁を驚かせて、悪い旦那だな。許す、今すぐ説明してやれ」

「……では、お言葉に甘えて」

高良は小春に対し、この童女が間違いなくおひい様であること、見た目と実年齢は一致しないことを、一から説明してくれた。

というのも、高良と同じ鬼食いの一族である彼女は、生まれた時から無意識に鬼を捕まえて食い、その鬼たちの血が体に適応し過ぎたために、血の効果で成長が緩やかになったというのだ。

実年齢はあり得ないことに、百歳近くらしい。

「ひゃ、百……!?　では、江戸の世から生きていらっしゃることに……！」

「祓い屋の中でもっとも若い見目をしながら、もっとも古参《こさん》だな」

冗談めかして言う高良は、大仰《おおぎょう》な小春の反応にしたり顔だ。わざと驚かせたくて黙っていたようで、ちょっぴり意地悪である。

なお、先ほど見た狂い咲きの桜の木は、桜好きなおひい様が自分の血を土に与えてみた結果、半永久的に咲き続けるようになったらしい。冬もあの状態のようで、年中花見ができるとか。

「ただのう、うちはなにも不老不死というわけではない。単に老いが並外れて遅いだけで、これでも歳はちょっとずつ取っておる。体は鬼の血により、これまた飛び抜けて丈夫ではあるが、刺されたり切られたりすれば普通に死ぬぞ」

おひい様は「うちも普通の人間よ」と胸を張るが、普通とはさすがに認《みと》め難《がた》い。

小春は戦《おのの》くばかりだ。

祓い屋の歴史は、遡《さかのぼ》れば平安の世からとは聞いていたが、なんとも奇々怪々な話だった。

「さあて、うちのことはこれくらいにして……まずは奥方殿から、自己紹介をお願いしようか」

「あっ！　も、申し訳ありません、名乗りもせず……！」

パンッとおひい様が手を打ち、ハッとした小春は急いで頭を下げる。あまりの衝撃に忘れていたが、挨拶もせずとんだ失礼を働いてしまった。

「初めまして、吉野小春と申します。私は高良さんの、その……」

「改めて、俺の伴侶《はんりょ》となる小春です」

「わっ！」

ぐっといきなり、小春は高良に肩を抱かれて引き寄せられた。高良のしなやかな体躯に寄りかかる形となり、体温が急上昇する。

「た、高良さん！　人前ですし、もう少し離れ……っ！」

「夫婦として呼ばれて来たんだ、今さらだろう」

「そうですけれど……！」

わたわたする小春に、とろりと糖蜜《とうみつ》のような眼差しを注ぐ高良。おひい様は「見せつけてくるのう」と楽しそうだ。

「仲がよいならなによりよ。やっと捕まえた愛しの嫁を、独り占めせず連れて来てくれたということは、うちも交換条件に応じねばな」

「ええ。小春のご両親について、知っていることを教えてください」

当人である小春の喉が、ゴクリと上下する。

まずは座るように促《うなが》され、隣り合って用意された二枚の赤座布団に、高良とそれぞれ腰を落ろす。座布団を敷いた女中は、いつの間にか消えていた。

ゆらりと、おひい様の目が怪しく光る。

「端的に言えば……小春の父親の方は、元祓い屋だな」

「っ！」

息を呑む小春に、おひい様は訥々《とつとつ》と語る。

「百年生きていても、記憶力はいい方だ。小春の顔を一目見て確信したよ。お人好しで底抜けに優しい、童顔だった父親にそっくりだ。私はお前さんの父とは面識があってね」

「お、父さん、と……」

「今はもう一族自体が途絶えているが、小春の父は優秀な祓い屋だった。瘴気を寄せ付けない小春の才は、父譲りだろうね」

「じゃあ、あの、お母さんは……？」

「小春の母は一般人で、父はもとからあった祓い屋同士の縁談を蹴って、彼女と駆け落ちした。そのことで一族から反感を買い、祓い屋の間では存在を抹消《まっしょう》されていたのだよ」

「そんな……」

「一般人といっても、母も見鬼の力はあったようだがね」

もちろんすべて、小春にとっては初めて聞く内容ばかりだ。

座布団の上で正座したまま狼狽《うろた》えていると、高良が目線で「大丈夫か」と問うてくる。小春は辛うじて小さく頷きを返した。

(まさか私の両親に、こんな秘密があったなんて……)

フッとおひい様は、そこで子を見守る親のような、一気に大人びた表情へと変わる。

「……小春の父は駆け落ち前に、うちに教えてくれたよ。妻の腹にはもう、子がいると」

「えっ!」

「きっと女の子だって、なぜだか自信満々に言い切っていてねぇ。無事に生まれたら、春にちなんだ名をつけたいと話していた。妻と出会った季節なんだと」

その後、駆け落ちしてからのことは、おひい様は詳しくは知らないという。だが人《ひと》伝《づ》てによれば、小春父は小春が生まれる前に、鬼に関わる事件で下手を打ち、あっけなくこの世を去ったそうだ。

祓い屋でなくなってもお人好しな彼は、瘴気や鬼に苦しむ人を見捨てられなかったのだろうと……。

「そういう人間だったよ、お前さんの父は」

「お父さん……」

長く生きればそれだけ、人の死に触れてきただろうが、おひい様は悼《いた》むように目を伏せた。

残された小春母は、小春を産んで女手ひとつで育て、やがて料亭に預けて父を追って亡くなってしまう。

遠い記憶で、母は『いつだって胸を張って、前向きな生き方をなさい』と小春を諭《さと》していた。それは『あなたのお父さんのように』という意味だったのかもしれない。

おひい様の語った一部だけでも、自分は両親に愛されていたのだとわかって、小春はじんと目頭が熱くなった。

「小春と会わせてくれたことに、俺もご両親に感謝しなくてはな」

「高良さん……」

小春の目元に溜まる涙を、高良は横から腕を伸ばし、労《いた》わるようにさりげなく拭《ぬぐ》ってくれた。

室内に無音が広がり、どのくらい経《た》っただろう。

小春の涙がやっと引いた頃に、おひい様はまた口を開く。

「うちの話せる情報はこれだけだが、満足かの？」

「……はい、ありがとうございます。お父さんとお母さんのことが知れて、よかったです」

心から礼を述べた小春に、おひい様は「そうかそうか」と鷹揚《おうよう》に首を縦に振る。おかっぱの髪がサラサラと靡《なび》いた。

「ではここからは、今まさに巷で起きている事件についてだが――入るとよい、佐之《さの》助《すけ》、操《みさお》」

おひい様の合図で、勢いよく彼女の背にある襖が開いた。

仕切られていた部屋から現れたのは、背がひょろりと高い青年と、小春より少し年下だろう小柄な少女だ。

「まったくおひい様ってば、僕たちを呼ぶまでが長過ぎますよ。いやいや、このまま登場なしかと焦りました、焦りました。僕たちが待機していること、お忘れではないかとね。満を持しての真打《しんうち》登場ってわけですかね」

堰《せき》を切ったように青年の方が、やたら通りのいい美声でペラペラ喋り出す。

紺の甚平《じんべい》姿に、生まれつきなのかほんのり赤茶がかった髪。その髪の襟足《えりあし》を肩口まで伸ばし、きゅっと組紐《くみひも》で結んだ彼は、高良より一、二歳ほど年上か。高良とはまた違う種類の美形で、どこか食えない雰囲気がある。

呆気《あっけ》に取られる小春と、その彼の目線がバチリと合った。

「ああ、貴方《あなた》は……小春さん！　僕はずっと、貴方に会いたかった！」

「へっ⁉」

青年は感極まったように、長身の体躯を折り曲げて小春に飛びついてくる。まるで主を見つけて尻尾を振る、大きな犬のようだ。

座ったままの体勢で、見知らぬ相手に抱き着かれ、小春は目を白黒させる。

「も、申し訳ありませんが、ど、どなたでしょうか？」

「やっぱり、覚えていないんだね。でもいいんだ。僕が一方的に、小春さんを恋い慕っていただけだから」

「こいしたう……？」

「ようやく会えたんだ。ねえ、小春さん。僕と……」

熱っぽい美声で迫る青年に、小春はなにがなんだかわからず固まることしかできない。ベリッと、そこで高良が、青年の襟首を掴んで小春から引《ひ》き剝《は》がした。

高良は冷え冷えとした表情で、怒り心頭の様子だ。

「いい加減にしろ、佐之助……。どうやら小春を知っているようだが、小春は俺の嫁だ。これ以上ちょっかいを掛けるなら、俺も見過ごせない」

「……ははっ、本当に高良の嫁が小春さんとはね。おひい様から名前を聞いて半信半疑だったけど、まさしく運命だよ」

「ふざけるな、小春にちょっかいを掛けるなと言っている」

「どうして僕が高良の言うことを聞かなくちゃいけない？　嫌だね」

立ち上がって睨み合う、一触即発のふたり。

背景には迸《ほとばし》る火花が見える。

（あれ……？）

佐之助と呼ばれた青年の珍しい髪色に、ふと小春はなにか思い出しかけるも、その前にもうひとりの少女が動いた。

「男たち、まずは落ち着くべき。おひい様の話が先」

冷静に高良と佐之助の間に入った彼女は、ツリ目が特徴的な美少女だ。

白い肌に鳩羽《はとば》色の着物を纏い、前髪はキッチリ切り揃えて、後ろは二つ結びの下げ髪にしている。眉をピクリとも動かさない無表情な彼女に、淡々と窘《たしな》められたふたりは、不承不承《ふしょうぶしょう》引き下がった。

（こっちの綺麗な女の子は、操さん……だったかな）

佐之助も操も、ここにいるということは祓い屋仲間か。高良も含めて、旧知のような空気感はある。

どちらもおひい様に負けず劣らず、個性的な人物たちだ。

「小春、平気か？」

「は、はい……抱き着かれたのは驚きましたが……」

小春を気遣ってからすぐ、高良は「どうして佐之助たちがいるのですか？」と、おひい様を鋭く見据える。

「なぁに、今回の事件解決には、このふたりと共に協力して欲しいというだけだ。佐之助と操、高良と小春の、四人にな」

「……お言葉ですが、なぜ俺の嫁が頭数に入っているのです？」

高良の声音には、再び静かな怒りが込められていた。そこは小春も「え、私も？」となっていたが、ひとまず皆に合わせて立ち、おずおずと高良に寄り添ってその片袖を引く。

おひい様はあくまで、飄々《ひょうひょう》とした態度を崩さない。

「祓い屋はもとより年々人材不足だ。すぐに帝都で動ける者となると、さらに限られてくる。そこで今回のように、鬼物の鈴があちこちで散蒔かれるような事件になると、対処しようにもこちらの人手が足りない。瘴気に耐性のある人間は、ひとりでも多くいると助かるのだよ」

「だからって、小春に危険なことはさせられません。協力するのは俺だけで十分なはずです」

「危険な目には、旦那であるお前さんが遭わせなければいい。小春の体質は貴重だぞ？　本来なら父のように、優秀な祓い屋になれる器だからのう」

「俺が許しません」

おひい様を見下ろして一歩も退かない高良に、小春はオロオロしてしまう。正直まだ、展開が呑み込めていないのが現状だ。

ただ自分の力が必要とされていることは、なんとなくわかった。

（私、私は……）

小春が思考を稼働させていると、佐之助が「小春さんに協力して欲しい理由は他にもあるんだ」と横槍を入れる。

隙あらば彼は、小春に接触しようとする。

そんな佐之助から守るように、高良は小春を広い背に隠した。

「雑な術しか掛けられない奴が、人の嫁を気安く呼ぶな」

「術なんていいんだよ、ある程度で。僕には別の力があるんだから。高良の鬼火にも、負けないくらいの力がね」

「……聞き捨てならないな」

高良に送られてきた封筒に、鈴の瘴気を封じる術を掛けたのは佐之助のようだ。高良の醸《かも》し出《だ》す怒気《どき》も、佐之助はどこ吹く風。

やれやれと、操が代わりに話を戻す。

「今回の事件の黒幕……もしかしたらあの、お尋ね者な蛙谷《かわずたに》かもしれない」

「蛙谷って……！」

真っ先に反応したのは小春で、その者によって攫《さら》われた時のことを思い出す。

表向きはただの骨董屋《こっとうや》だが、蛙谷は鬼や瘴気を自在に操る悪辣《あくらつ》な男だ。鬼物の蒐《しゅう》集家《しゅうか》でもあり、かつて高良が所持していた絵を狙って因縁《いんねん》がある。小春もそれに巻き込まれた形だ。

気まぐれに人に鬼物を与え、破滅へと導く愉快犯のような側面もあり、此度《こたび》の事件の黒幕が彼だというなら、小春は納得がいった。

（蛙谷さんは恐ろしい方……あの人が黒幕だというなら、このままだともっと大変な事態になる）

戦慄する小春に、操はじっと焦点を当てる。

「熟練《じゅくれん》の祓い屋でも、蛙谷の操る鬼は危険。でも小春さんは、アイツが仕掛ける鬼にも精神をやられず立ち向かえたって、おひい様に聞いた。いてくれると心強い」

「立ち向かえただなんて、別に……！」

過分な評価に、小春は恐縮する。

最終的には高良に救出されたので、小春自身はそんな凄いことをした覚えはまったくなかった。

しかしながら、こんな理由で高良がよしとするはずがなく……むしろ蛙谷が絡んでいるときて、ますます小春を関わらせたくないと頑なになる。

「……これ以上、話すことはないな。帰ろう、小春」

「あっ！　た、高良さん……！」

小春の手を掴み、高良は踵《きびす》を返す。

障子戸に手を掛けたところで、「お待ち」と制止の声を放ったのはおひい様だ。

「高良が大切な嫁に対して、過保護になるのはわかるがね。まずはその嫁の意思を尊重しておやり」

おひい様の一言一句には、過ごした歳の分だけの重みと迫力が宿っている。仕方なく、高良は足を止めた。一理あると考えたのだろう。

高良は複雑そうにしながらも振り返って、小春の前で眉を下げる。

「悔しいが、おひい様の言うことはもっともだ……。お前が心配なあまり、独りよがりな言動を取ってしまったな」

「い、いえ！　高良さんに心配されるのは、その！　くすぐったくても、嬉しいので……！」

「……それで、小春はどうしたいんだ？」

「私は、えっと」

そっと高良を見上げながら、小春は正直に伝える。

「私にできることがあるなら、やりたいです。蛙谷さんの脅威《きょうい》は、よく理解しているからこそ放っておけませんし……お父さんもきっと、こういう時に行動する人だったんだろうなって」

たった今、顔も知らぬ父のことを教えられたばかりだが、小春は娘として恥じない行いをしたかった。

それに今こそ、高良に少しでもふさわしい嫁になるために、役に立つ絶好の機会である。

彼の切れ長の目としっかり視線を合わせる。

「やらせてください、高良さん！」

「小春……」

根負けしたというふうに、高良は深い深い溜め息をついた。小春は呆れられてしまったかと、一瞬危惧《きぐ》するも……。

「俺の惚れたお前は、そういう女だったな」

そう高良は口許を綻ばせる。

小春は度々見る柔らかい表情だが、おひぃ様は初見らしい。「おやまあ、あの鬼の若様がねぇ！」と、大袈裟なくらい囃《はや》し立《た》てている。高良は面倒そうに、全面的に無視をした。

「わかった、小春にも事件解決に協力してもらう。ただし、少しでも身に危険が及ぶことはさせないからな」

「はい！」

高良からお許しをもらって、小春は元気な返事をした。

スッとそこで、今度こそ高良の隙をついた佐之助が、小春の右手を紳士的な所作《しょさ》で取る。

「本当は初めましてではないけれど……、ひとまず、初めまして小春さん。松屋《まつや》佐之助だよ。これから末永く、よろしくね」

流れるように、小春の指先に唇を落とそうとする佐之助。まるで西洋の物語に出てくる王子様のようで、小春は「ひえっ」と喉奥から、鳥の首を絞めたような悲鳴が漏れる。

それを寸前で阻止した高良は、佐之助との睨み合いを再開した。

「此度の任務……一番に祓わなくてはいけないのはお前のようだな、佐之助」

「嫉妬深い男は嫌われるよ？　高良」

佐之助と高良は、そもそもの性格も水と油のようだ。

その間に操が、小春にペコッと頭を下げてきた。

「……花野井《はなのい》操。よろしく」

「よ、よろしくお願いします！」

小春も慌てて頭を下げ返す。これから共に任務へ当たる仲間として、佐之助とも操とも仲良くできたらいいなと思った。佐之助とは仲良くすると、高良をより刺激してしまいそうではあるが……。

そんな小春たちを前に、おひい様は高らかに笑う。

「任せたぞ、お前さんたち」

そんな笑い声に応えるように、庭では夏に咲く桜が、ひらりと地面に花弁を落としていた。

二章　ふたりの在り方

蝉《せみ》が騒がしく鳴き、連日空は青く、気温は高い。

庶民《あお》の子供たちはタライに水を張って行水《ぎょうずい》ではしゃぎ、大人たちはパタパタ団扇《うちわ》を扇《あお》いでいる。

そんな真夏日の昼下がり、小春と高良はふたりで浅草を訪れていた。

「わあっ！　久しぶりに来ましたけど、相変わらずの賑わいですね！」

「暑さに負けていないな」

揃いで白を基調とした紗の着物を着たふたりは、人で溢れる歓楽街を目的地に向けて進む。

夏空を目指して聳え立つ凌雲閣《りょううんかく》に、水面がユラユラと波打つ瓢箪池《ひょうたんいけ》。多種多様な食事処や芝居小屋。動植物も楽しめる花屋敷《はなやしき》は、最先端の遊園地としてとりわけ人気を呼んでいる。

ついふらりと、あちこち立ち寄ってしまいたくなる活気だ。

だが残念ながら、小春たちは浅草へ遊びに来たわけではなかった。祓い屋として、鬼物の絡んだ事件を調査するために訪れたのだ。

――おひい様の屋敷を訪問したのが、今から三日前。

おひい様いわく、裏ですべての糸を引いているのはおそらく蛙谷だが、鬼物である鈴を配っているのは別の人間で、その共犯者はおそらく二、三人はいるとのことだった。

　なぜ蛙谷に手を貸すのか、共犯者たちの目的は今のところ推測も立てられていないが……。

　まずはそいつらを見つけて捕まえるよう、おひい様から指令が出ている。

　そして今日、佐之助の祓い屋とは別の『職場』に、その共犯者と思わしき人物が現れるかもしれないとのことで、高良と小春も動いたわけだ。

「操さんも、祓い屋とは違うお仕事で遅れるそうですけど……皆さんけっこう、兼業が多いのですね」

「そうだな。裏と表で使い分けている奴は、若い祓い屋ほど多いな」

「高良さんもですし、皆さんお忙しい……わわっ⁉」

　会話の途中で、ぐうううっと小春のお腹《なか》が鳴った。

　英吉利《イギリス》結びに挿した鼈甲《べっこう》の揺れもの簪《かんざし》が、音に伴って跳ねる。英吉利結びは女学生にも流行りの、三つ編みをくるりと巻いてまとめた髪型だ。

「も、申し訳ありません！　昼を食べずに出て来たため、その……」

　この際、空腹なのは致し方ないとはいえ、小春は恥ずかしくなって帯の上に両手を当てる。

　クスリと、高良は愛し気に微笑んだ。

「なにか食べてから行くか。時間はまだある、前にできなかった食べ歩きはどうだ？」

「食べ歩き、ですか」

以前、高良と浅草に来た時は、小春は明子のフリをしており、さすがにお嬢様がはしたないとそれは止めておいた。だが今も小春は、高良の伴侶として隣に立つには、庶民的な行動は控えるべきか悩んでしまう。

（こ、ここは遠慮すべきなのかな……うう、でも、食べ歩きはしてみたい）

簪と共に揺れ動く小春に、高良は思案気に瞳を細める。

高良の方も刹那《せつな》、物憂げな表情を浮かべるも、日差しが陰を作って小春は気付かなかった。

「……俺が人形焼《にんぎょうやき》を食べたくてな。食べ歩きに付き合ってくれないか」

「高良さんがですか？」

「ああ」

「そ、それならもちろん！」

返事をしたすぐ後で小春は、高良は気を遣ってくれたのではと思い当たる。小春の本当にしたかったことを、的確に見抜いて……。

（って、それはそれで高良さんにご負担を掛けてしまった！）

またも頭を抱えるが、高良の心遣いを無駄にするのは頂けない。今は食べ歩きができることを前向きに捉え、反省しつつも堪能《たんのう》することにする。

しばし寄り道ということで、ふたりは仲見世《なかみせ》通りへと入った。

「これだけあると、目移りしてしまいますね！」

ズラリと道の左右に、あらゆる店が居並ぶ様は圧巻である。飲食店からのよい匂いが食欲をくすぐった。

「小春は食べたいものはないのか？」

「で、ではあちらの店のコロッケを……！」

ここまで来たら興奮に任せ、小春は素直に食べたいものを言う。

コロッケといえば近頃、劇中歌として披露《ひろう》された『コロッケの唄』も大流行している。愉快《ゆかい》な唄を頭に流しながら、できれば揚げたてにかぶりつきたいものだ。

「他にもなんでも言うといい。どれだけでも買ってやる」

「さすがに太っちゃいます……」

「小春はもっと肉をつけるべきだ」

高良の言葉にちょっぴり自分のお腹回りを気にしながら、小春はさっそく買ってもらったコロッケを齧《かじ》る。

「んんっ！　美味しいです！」

一口だけでも外はサクサク、中はホクホクで、食べ応えもしっかりあった。

高良の心遣いによって、こうして並んで歩きながら食べられたことに、小春は感謝する。

次に買った人形焼も、ふんわり甘くて大満足だ。

人形焼、もしくは名所焼《めいしょやき》と称されるそれは、カステラ生地の中に餡《あん》を入れて、浅草にちなんだ五重塔《ごじゅうのとう》や雷門《かみなりもん》の形に焼き上げた菓子である。

人形焼はせっかくなので、佐之助と操の分も手土産に買っていくことにする。店員の恰幅《かっぷく》のいいおばさんは「若い夫婦でお出掛けとはいいねぇ」と、愛想よく土産用の紙袋を渡してくれた。

「だけど気を付けな、ここ最近おかしな事件が続いているから」

「おかしな事件、ですか」

「いきなり豹変《ひょうへん》した奴に襲われたって、お嬢さんも聞いたことないかい？　野菜売りのお光《みつ》も、代書屋の勘七《かんしち》も被害に遭ってんだ。どこぞの金持ちの娘さんも、車に乗っていたのにやられたとか」

「き、聞いたことはありますね……」

「豹変した奴も、普段は真面目な書生さんだったんだけどねぇ」

ひとまず『どこぞの金持ちの娘』とは亜里沙のことだろう。やはり事件は広がっているのだと、第三者の証言を聞いて、改めて小春は痛感した。

お喋り好きな店員は、小春たちの返答を待たず次々と言葉を重ねる。

「まったく、物騒な世の中だわ。まあそれでも、あんたらは今日浅草に来たのはツイているよ！　活動写真は必ず見な？　なんていったって、あの人気活動弁士・祭屋《まつりや》サスケが壇上に立つんだから！」

「……サスケさん」

飛び出た名前に、小春はピクリと反応した。高良も眉根を寄せる。

白黒の無声映画のことを『活動写真』といい、上映中にその内容を横で解説する役どころが『活動弁士』という職業だ。如何に物語を上手く語るかが重要で、達者な者は大スタア扱いである。

「サスケはそりゃあ素晴らしい活動弁士さ！　七変化する声音に、圧倒的な話芸！　華のある容姿で、下手な役者より美丈夫《びじょうふ》！　ついでに実家は大金持ちなんて噂もあるくらいだからねぇ」

店員はその活動弁士のファンのようで、意気揚々と褒め倒している。

(珠小路家でも……女中仲間の佳代《かよ》さんは、活動写真が大好きだったしなあ)

なんという名前だったかは忘れたが、彼女にも熱烈に支持している活動弁士がいたことを、小春は思い出した。

そして一度、こういうファンの語りが始まれば長いことも……。

「すみません、急ぎますので俺たちはこれで」

「あぁっ、私ったら！　ついついサスケのことを話すと、熱が入っちまっていけないよ。引き留めて悪かったねぇ」

自然に高良が遮《さえぎ》ってくれ、小春たちはようやく店員のお喋りから解放された。あのままだと、小一時間は語られていたかもしれない。

「さすがです、高良さん」

「仕事でも話好きはいるからな。熱量があるのはいいことだが……そろそろ時間だな。行くか、小春」

「はい！」

腹も程よく膨れたので、お土産の袋を抱えて、ふたりは本来の目的地を目指す。

人気活動弁士・祭屋サスケこと――佐之助のいる活動写真館に。

「来てくれたんだね、小春さん！」

佐之助の『職場』はすでに、老若男女問わず多くの客であふれていた。

それなりに大きな活動小屋はすでに満員らしく、支配人らしき男が「本日分の入場券は終了！　終了ですよー！」と声を張り上げている。

　小春たちはその人波を縫《ぬ》い、事前に佐之助からもらった関係者だと証明する紙を見せて、裏の楽屋へと回った。そこでは衣装に着替えた佐之助が、小春を前にすると花を背負わんばかりに出迎えてくれた。

「ようこそ。嬉しいな、小春さんに僕の舞台を見てもらえるなんて」

「話には聞いていましたけど大人気ですね……！」

「おかげさまでね。連日千客万来だよ」

「評判も耳にしました……あっ、こちら差し入れです」

　小春が人形焼の袋を渡せば、佐之助は「僕の大好物だ、ありがとう」と朗《ほが》らかに受け取る。

　店員が褒め倒していたように、衣装である茶色のスーツに橙のネクタイを締め、襟足の長い赤茶の髪を結った彼は、舞台映えする立端《たっぱ》もあって、なるほど文句無しの『美丈夫』であった。

　おひい様の屋敷で初顔合わせをした時と、また印象がガラリと変わるなと小春は感心する。

（これで祓い屋さんでもあるんだから、多才だなぁ）

　まじまじと佐之助を見つめていると、彼はほんのり艶を含んだ笑みを口元に乗せた。

「もしかして、僕に見惚れてくれた？」

「えっ？　あ、い、いえ！　申し訳ありません、不躾《ぶしつけ》に……！」

「まずは意識してもらうところからだよね。小春さんになら、いくら見られても大歓迎だよ」

「い、意識って……！」

　どうして佐之助が、ここまで小春に惚れ込んでいるのか。結局、小春は彼との過去を思い出せず、ただただ挙動不審にさせられている。佐之助もあえてか、教えてくれないのだ。

（思い出せない手前、こちらから尋ねるのも気が引けるし……）

　悶々とする小春を、なおも積極的に口説こうとする佐之助。そんなふたりの間に、ムスッとした顔の高良が割り込んだ。

「人の嫁に粉をかけるな」

「……嫁、嫁、嫁と連呼するけど、まだ正式な夫婦ではないそうじゃないか？　おひい様に聞いたよ」

「だからどうした。小春が俺の嫁になることに変わりはない」

「でも今なら、僕が横から掠《さら》える余地もあるってことだよね？」

「あるわけあるか」

真夏の楽屋に冷風が吹く。

このふたりは顔を合わせてはいけないと、小春は慌てて本題を切り出す。

「こ、この会場に、共犯者のひとり……鈴を配っている人が現れるんですよねっ？

それは確実なのですか？」

「おひい様からの情報だからね。九分九厘、確実だよ」

対小春には素早い変わり身で、佐之助はにこやかに答える。

「僕も身近に犯人のひとりがいるなんて驚きだけど、この活動写真館に限らず、浅草で人が集まる催《もよお》しに現れては、客を捕まえて『幸運の鈴』だってホラを吹いて渡しているそうだ。タダだと上手いこと言ってね」

渡す相手は誰でもいいのか、一応選んではいるのか……犯人を見つけて問《と》い質《ただ》せば詳細がわかるだろう。

まず小春たちは、客席で怪しい人物を探すことにした。

「サスケ先生！　そろそろ出番ですよ！」

「ああ、今行くよ」

楽屋に雑用係の少年が呼びに来て、佐之助はピシッとスーツの襟を正す。これから舞台袖で待機のようだ。

小春たちも客席に移動するため、共に楽屋を出る。廊下で別れる際、佐之助はとびっきりの美声で小春にこう囁いた。

「犯人捜しもいいけれど、僕の語りもしっかり聞いておいてね。小春さんのために、祭のような胸躍る時間にしてあげるから」

気取った言い回しは、もう舞台に立つ時の彼に変わっているのか。腰が抜けそうな、低くも耳心地のいい声に、さしもの小春もゾクリとしてしまった。

そんな小春の手を、高良は「急ぐぞ」と些《いささ》か強引に引く。

「本気で狙っているな……佐之助の奴め」

「た、高良さん?」

苛立たし気な高良に、小春は戸惑いつつもついていった。

客席はぎゅうぎゅう詰めで、後ろまで立ち見客でいっぱいだ。

小春たちは佐之助の計らいで、舞台の真ん前に座らせてもらえた。桟敷《さじき》席と呼ばれる、劇場の左右両側に一段高く設置された上客用の席もあったが、そちらは本日、裕福な層と一部関係者で埋まっているようだった。

舞台の中央には活動写真を流す銀幕、下手には木製の卓が配置され、卓の上には台本が広げられている。

今か今かと始まりを待つ人々の声に、小春は情報収集を兼ねて耳を澄ました。

「いやあ、盛況ですなあ！　さすがはサスケだ」

「この日のために、俺はコツコツと金を貯めてきたからな。サスケの語りを聞いた後じゃ、他の活動弁士じゃ物足りなくて」

「最近ますます人気で、あの『活弁界の巨匠・五星《いつぼし》イトウ』や『喋りの貴公子・幸田《こうだ》リュウキチ』も凌《しの》ぐ勢いらしいぞ」

「はんっ！　ベテランのイトウはともかく、リュウキチなんざ顔が女に人気なだけだろ！　サスケだって男前さあっ！」

がなり声も混ざっているのは男性客の集団だ。小春はここでやっと、佳代は話題に出たリュウキチのファンだったと思い出した。

そんな男性客の集団の後ろでは、ご婦人や女学生がきゃあきゃあとはしゃいでいる。

「サスケ様、今日はどんな衣装で立つのかね？　声も素敵だけど、見目も麗《うるわ》しいのよねぇ」

「あんた先月まで、リュウキチにわーわー騒いでいたくせにもう鞍替《くらが》えかい。まあ、あれでサスケ様が良いとこ出身の坊っちゃんだなんて噂もあれば、そりゃ鞍替えもするわね」

「前回の作品は、物語に社会風刺が効いていて……サスケ様のとろけるようなお声での、ユーモラスな表現が輝いておりましたわ」

「今日は物語にも期待大ですわよ！　サスケ様の美声によく合う作品ですわ！」

今のところ、当然ながらサスケの話題ばかりで、『幸運の鈴』について触れる声はなかった。劇場内にさりげなく目を走らせるも、犯人らしき人物もいない。

（犯人は強い瘴気を纏っているはず……客席にいるなら、私も高良さんも気付きそうだけれどな）

高良に視線を送るも、彼も首を横に振った。

「もしかしたら劇場の外にいて、帰りの客を狙っているのかもしれない。それだと、如何にも怪しく目立ちそうだが……」

「やはり劇場内のどこかにいる説が濃厚ですよね」

「恐らくな。犯人が動くのはどちらにせよ、演目が終わった後だ。小春は初めての活動写真、楽しみにしていただろう？　まずは堪能するといい」

高良はちょこっと「佐之助にハマって欲しくはないがな」と本音を零《こぼ》すも、小春はその言葉に甘えることにする。実際に活動写真を見ることは、とても楽しみにしていたのだ。

そうこうしているうちに、いよいよ佐之助が舞台上に現れる。

割れんばかりの歓声の中で、卓のところまで歩く姿は堂々たるものだ。

「——さて、お集まりの皆々様におかれましては、炎天下にご足労頂きありがとうございます。流した汗の分、価値あるものとなることでしょう」

長い腕を客席に向けて広げ、佐之助は語る。

一声発しただけで、誰もが彼から目を離せなくなる。

「本日ご高覧《こうらん》賜《たまわ》りますは、身分差のある異国の恋物語。切ない愛の行く先は、涙なしにはいられれぬものです。解説は私、祭屋サスケでお届けします。それでは、はじまり、はじまり――」

映像が流れ、控えていた楽士たちが演奏を添える。

佐之助が小春に囁いたように、『祭のような胸躍る時間』が幕を開けた。

物語の出だしは、身分の高い淑女《しゅくじょ》が、街で出会った平凡な男と恋に落ちるところから。けれど周囲の反対によりふたりは離れ離れになり、淑女は別の男と結婚させられそうになる。

その前に愛する彼が奪いに来る約束だったが、彼は待てど暮らせど来ない。泣く泣く、淑女は別の男との道を選んだ。

そして数年後に、愛する男は自分を迎えに来る最中に、事故に遭って亡くなっていたことを知るのだった……という、悲劇のロマンスだ。

お話の展開は定番ながらに作り込まれているが、映像自体は役者の演技も含め起伏があまりなく、平坦に進行した。

正直なところ、これだけでは退屈で飽いてしまう者もいるのではないかと、小春は思った。

しかし、そこに佐之助の語りが入ると、物語は一気に色付く。

高い演技力に裏付けされた話術。

誰もが聞き惚れる声。

それらを味方につけて、身振り手振りを交えた上で、時に面白おかしく、時に情熱的に、佐之助は切ない恋物語を見事に表現しきった。

「サスケはやっぱり帝都一の活動弁士だ！」

「ううっ、涙が止まんねぇよ」

「サスケ様ー！　今日も素敵でした！」

「やっぱり解説はサスケ様でないと！」

終わる頃には客席では涙する者が多数で、劇場内は彼への称賛と熱気に包まれていた。

小春も心からの拍手を送る。

「素晴らしかったですね、高良さん！　私、とっても感動しました！　高良さんと初めて見た、シンデレラのお芝居もよかったですけれど……佐之助さんの語りが本当に胸にきて、私も泣いてしまいました！　凄かったです！」

束の間、任務のことは片隅に追いやり、隣の高良に興奮を伝える。

高良も「そうだな、いい出来だった」と頷いていて、不本意ながらも佐之助の実力は認めているらしかった。

興奮冷めやらぬままに、ゾロゾロと外に出る客に続く。

その途中……いまだ高良に感想をたくさん語っていた小春は、ふと嫌な気配を感じ取った。

（い、今のって、どこから……!?）

背中に悪寒《おかん》が走り、慌ててキョロキョロ周りを見渡す。

「小春？　どうかしたか」

「あ、あの、おそらくですが今、犯人らしき気配が……」

「……瘴気を感知したのか？」

「は、はい！」

高良も客の列から外れ、立ち止まって目を閉じ探る。程なくして、彼も見つけたようだ。

瘴気を纏った者は二階の桟敷席の方から下りて来たところで、同じ一階にいなかったため、気付くのが遅れたらしい。そちらの席の上客たちは、別口から外へと案内されている。

小春たちも急いで、佐之助から預かった許可証を係の者に提示し、そちらの列の方へ向かう。

「まさか、小春の方が見つけるとはな」

足早に向かう途中、高良がポツリと漏らした。

小春の見鬼の力が開花してから、徐々に本来持つ祓い屋の才が目覚めているのか。どうやら特に、瘴気の感知には優れているようだった。

(私は鬼を祓えるわけではないし……こういうところで、お力添えできるならしていかなくちゃ!)

反対する高良を説き伏せてまで、作戦に参加したのだ。足手纏いだけは回避しなくてはいけない。

「……いたぞ、アイツだな」

活動小屋から外に出ると、往来は帰りの客でまだざわついていた。そこに混じって、瘴気を纏う黒い着物の男が、ちょうど気弱そうな学生風の青年に声を掛けていた。男の方は中折れ帽を深く被り、顔を隠している。

何事か二言三言会話し、男は青年を連れて細い路地に入った。小春たちも後をつけ、バレないよう距離を取って様子を窺う。

ふたりの会話は、ギリギリ拾える位置だ。

「……その鈴を持てば本当に、幸せが訪れるんですか？」

「ああ、不思議な力の宿る『幸運の鈴』だからな」

半信半疑な青年に、袖口から出した赤い鈴を見せる男。これで犯人は確定した。

男はねっとりした声で、言葉巧みに青年を丸め込もうとする。

「君はあの物語に、ずいぶんと心を痛めていたね。私は上から見ていたからわかるよ。よかったら話してごらん。物語に自分を重ね合わせるような、そんな悩みをお持ちだろう」

「あ……じ、実は僕も、華族のお嬢様に恋をしていて……」

搦《から》め捕《とら》られるように誘導され、青年はおずおずと胸の内を吐露《とろ》する。

「でも報われるはずがないし、周囲からも一介の学生の僕と彼女では、釣り合わない、身分違いだって……」

「おやおや、まさに先ほどの活動写真の物語だ。それで辛い顔をしていたのだね」

「はい……登場人物たちに感情移入してしまって……」

本当に思い詰めているらしく、青年が悲痛に表情を歪《ゆが》める。

ユラユラと蝋燭《ろうそく》の火のように、男は青年の目の前で赤い鈴を振った。

「君は物語のように、そのお嬢様と悲恋を迎えることはないよ。この鈴さえ肌身離さず持てば、きっと運が君の味方をしてくれる」

青年の目がだんだん、鈴に縋るような熱を持ち始める。

よく男の姿を観察してみると、彼の帯元にも形はまったく同じだが、くすんだ黒い鈴がついていた。瘴気が強いのは黒の方だ。

「高良さん、あれって……」

「ああ。鈴配りに協力している者たちも、あの黒い鈴の影響で正常な感覚が狂わされていそうだな」

ヒソヒソと、小春と高良は小声で推測を立てる。

その間にも、青年は鈴を受け取るべきか、受け取らないべきかで葛藤《かっとう》していた。まだ押し売りを警戒しているようで「い、いくらなんですか？」と、おそるおそる尋ねている。

「金など取らないよ。私はこの鈴を持つべき人に、タダで渡したいだけだ」

「タ、タダで頂けるんですか!?」

「もちろん」

やり取りを見るに、男は悩みがあってつけ入る隙がある人間を、人の集まるところで選んでいるようだ。

不安定な者はやはり、鬼物の瘴気にも負けておかしくなりやすい。

「じゃ、じゃあ、試しに頂けたら……」

戸惑いながらも青年は手を差し出し、その上に鈴が載せられる……寸前で、高良が動いた。

「――待て」

一気に距離を詰め、男の腕を掴む。

「な、なんですか、あなた!?」

青年は突然現れた高良に困惑している。赤い鈴はポトリと地面に落ち、コロコロと転がった。

「その鈴は幸運を呼ぶ道具でもなんでもない。むしろ不幸を呼ぶ、恐ろしい道具だ。君はこの男に餌食《えじき》にされかけたんだ」

「え、餌食っ？」

「くそっ、余計なことを……！」

瞠目《どうもく》する青年に、本性を出して悪態《あくたい》をつく男。

男を鋭く睥睨《へいげい》する高良の瞳は、暗い路地でも眩《まばゆ》い金色に輝いていた。

高良は鬼の血の影響で瞳の色が変わる。かつて小春が呼んでいた『おはじきさん』という名の由来になったその瞳は、昔は制御できず眼鏡を掛けて誤魔化していたが、今は感情が昂《たかぶ》った時のみに発動する。

一歩離れたところで様子を窺う小春は、久方ぶりに目にするその輝きに魅せられた。

男の方は怯《ひる》むも、ここで大人しく降参する気はないようだ。

「お前……さては祓い屋ってやつだな？　指示書にあったぞ、祓い屋が邪魔しに来るかもしれないとな」

「指示書、か。鈴を配るよう、誰かに指示されたのか？」

「さあな」

男はしらばっくれるが、黒幕がいることは確かだ。

それが本当に蛙谷なのか、この男をこのまま捕らえた上で、情報を引き出さなくてはいけない。

「話はじっくり聞かせてもらおうか。来い」

「っ！　誰が捕まるかよ！」

バッと、男は自由な片手を懐に入れた。

その手に握られたのは、麻紐で固く縛られた四角い桐箱《きりばこ》だ。一見するとなんの変哲もない箱だが、小春は直感的に危険だと悟る。

「祓い屋に会ったら、これを使えば……！」

男はしゅるりと紐を解《ほど》いて、箱を己の足元に叩き付ける。

すると蓋《ふた》が開いて、中から大量の靄のような瘴気と共に、数えて六匹の〝鬼〟が這《は》い出《で》てきた。

「ケケッ」

引き裂かれたような口から、不揃いの不気味な歯が覗く。

全身が真っ黒な異形《いぎょう》は、大きさは三寸ほど。ギョロついた金の目に、頭には二本の角がある。手足は枯れ木のように細く、地面を這って獲物を探す姿は、吐き気を催すほど醜悪《しゅうあく》だ。

「チッ……あの箱に鬼を封じ込めていたのか」

高良は襲いかかってくる鬼を、鬼火で燃やして退治する。その隙に男は逃走を謀った。

どんどん、男の背が路地から遠ざかる。

「た、高良さん、犯人が……っ！　あ、あなたも逃げてください！」

「えっ？　なにが起きて……？」

小春は叫ぶも、鬼が見えていない青年は呆然と突っ立っている。そんな青年めがけて、一匹の鬼が飛び付こうとした。

そこを間一髪、高良が白地の着物をはためかせて、鬼を地面に蹴り落とす。鬼は「ギャアッ」と悲鳴をあげて、果実のように潰《つぶ》れて消滅した。だけどまだ、箱から出現した鬼は四匹も残っている。

「小春！　その青年を避難させてくれ！」

「わかりました！」

高良の指示通り、小春は青年の着物の袖を掴んで、駆け足で来た道を引き返した。

暗い路地から明るい往来《おうらい》に出て、「ここまで来たら大丈夫です」と袖を離す。

「今後また赤い鈴を渡されかけても、絶対に貰わないでくださいね」

「は、はい。ところで、貴方たちはいったい……」

「ただの通りすがりです！」

祓い屋云々を説明している余裕はない。逃げた犯人のことも、鬼とひとり戦う高良のことも気掛かりだ。

だけど……小春はこれだけ、青年に言いたかった。

「……あと、片思いされているお嬢様がいらっしゃるとのことですが、身分差やつり合わなくて悩む気持ち、私にもよくわかります。私も同じ、ですから」

「え……貴方も？」

青年の話を聞きながら、小春は他人事とは思えずにいた。余計なお節介だろうが、同志として口を挟んでしまう。

「だからといって、どうか怪しい道具なんかに頼らないでください。きっと己の中で、解決しなくちゃいけないこと……なんだと思います」

まるで小春自身に言い聞かすように、そう青年に伝えて身を翻す。

「あ、あの……！」

「それでは！」

青年がなにか返すより先に、小春は今日もつけている根付を揺らして、大きく足を踏み出した。高良の無事を願いながら、再び路地へと飛び込む。

「高良さっ……えっ⁉」

「……あ、小春さんだ」

「操さん⁉」

だがそこにいたのは、まさかの操だった。

小春と入れ違いでやってきたのか。

以前に会った時と同じ二つ結びの下げ髪に、徹底した無表情だが、その格好はなぜか、鶯《うぐいす》色の着物の上に純白のエプロンをつけていた。

エプロンは小さな胸当てに、前掛け部分にはたっぷりフリルがあしらわれていて、なんとも可愛らしい。

お人形のような容姿の操がそんな格好をすると、倒錯的な魅力もあった。

（……って、今はそれどころじゃないよね）

つい操の格好に意表を突かれたが、足元を見ればお札らしきものを貼られた鬼たちが、ウゴウゴと蠢《うごめ》いている。札の文字は蚯蚓《みみず》がのたくったようで読めないが、鬼や瘴気に効くようだ。

「この鬼たち、倒したのは操さんですか……？」

「ん。私は祓う時、この札を使うの」

数枚のお札を、エプロンの裏からチラ見せする操。すべて彼女が、事前に力を込めたお手製だそうだ。

パチンッと彼女が指を鳴らせば、鬼はお札ごと煙になって消えた。

「芝居小屋の近くで瘴気を感じて、ここを覗いたら若様が戦っていたから。私は援護した」

操は高良のことを『若様』と呼んでいるらしい。

彼女は仕事を抜けて、たった今来たところだという。フリルのエプロン姿も、どんなところで働いているかは不明だが、仕事着のようである。

「そうだったんですね……高良さんの方は……？」

「若様は犯人を追いかけていった。佐之助も一緒」

「佐之助さんも？」

佐之助も講演後に着替えを終えて、裏口から合流していたようだ。高良と佐之助がふたりで追ったなら、今頃は犯人を捕獲《ほかく》できているだろう。

「ただ……おふたりが喧嘩、していないといいですけれど」

「していそう。小春さん、モテる女は大変」

「そ、そんなのじゃないですって……っ！」

言葉の途中で、小春はとあるものを視界に捉えた。

地面に放置されている、鬼を閉じ込めていた桐箱。ギラリとその奥で一瞬、鬼の目が光ったのだ。

（あの箱自体が、鬼と瘴気を封じ込めていたから……奥に潜んでいた鬼に、操さんは気付いていない？）

位置的に箱は、操の背後だ。

小春は反射的に「危ない！」と叫ぶ。

「っ！」

気付いた操がお札を構えるのと、鬼が操に飛びかかるのは同時だった。いや、ほんの刹那、操が出遅れた。

「操さん……っ！」

鬼の鋭い爪が、ほっそりとした操の喉元を狙う。

小春が咄嗟に鬼に手を伸ばした、その時だ。

「――『まて』」

凛と響く美声が、矢のように路地の先から飛んできた。

短いその一言が、鬼の動きをピタリと縛る。

空中で動きを止めた鬼は、次の「『これにて、おしまい』」という言葉で、内側から破裂して霧散《むさん》した。瞬く間の出来事で、小春は呆気に取られる。

「これって……」

「ふう、危なかった。操はまだまだ詰めが甘いな。弁士の仕事の後に、僕に喉を使わせないでおくれよ」

路地の先からゆったりと歩いて来たのは、身軽な甚平に着替えた佐之助だった。甘いと指摘された操は、見逃していた桐箱を拾い上げて札を張りながら、ほんの僅かだが顔を顰《しか》める。

「佐之助に言われると、悔しい」

「僕の方が祓い屋歴は長いんだから、素直に受け入れておきなよ。実際、あと少しで危なかっただろう?」

「そこは認める……助けてくれて、ありがと」

「どういたしまして」

蚊《か》の鳴くような声で礼を述べた操に、佐之助は肩を竦《すく》める。ここは後輩と先輩の関係のようで、それなりに仲はいいようだ。

「鬼から先程、操さんを守ったのは佐之助さんの力なんですね」

小春の確認に、佐之助は「その通りさ」と胸を張る。小春に興味を持たれて嬉しそうだ。

「弁士としてはもちろん、祓い屋としても、僕の武器は『声』なんだ。一声で鬼や瘴気を祓えるんだよ。ただ使える範囲が決まっていることと、喉を酷使するから多用は無理かな」

申告通り、心なしか今、佐之助の美声は多少なりともザラついている。

強力な力ではあるが、活動弁士の仕事とも連動するとは、それはそれで大変そうである。

(祓い屋さんにも、本当にいろいろなやり方があるんだなあ)

小春が興味深く思っていると、今度は佐之助の後ろから、高良がズルズルとなにかを引き摺《ひず》って現れた。

全員大集合だ。

高良のもとへと小春は駆け寄る。

「小春、何事もなかったか?」

「高良さんもご無事だったんですね！　そちらは……」

「俺の蹴りでのびた、犯人の男だな」

男の着物の首根っこを掴んでいた高良は、佐之助や高良ほどではないにしろ上背のある男を、片手で軽々と放り投げた。鬼の血を引く高良はこうして膂力《りょりょく》の他、五感のすべてでも普通の人間より優れていたりする。

しゃがんで「おい、起きろ」と、高良は男の中折れ帽を剥ぎ取った。

「うう……」

「おや？　この男は……」

露《あらわ》になった男の顔に、真っ先に反応したのは佐之助だ。

「リュウキチじゃないか。まさか君が？」

（ええっと、リュウキチさんといえば……）

小春の女中仲間であった佳代がファンで、『喋りの貴公子』などと称されていた、佐之助と同じ活動弁士だ。

劇場内では男性集団が『顔が女に人気なだけ』と悪態をついていたように、なるほど女性受けしそうな、彫りの深い濃い顔立ちをしている。

「っ！　テメエ、サスケ！　この野郎、全部テメェのせいで……！」

「おい、大人しくしろ」

「離せ！　ちくしょう、ちくしょう、サスケ！」

佐之助を前にした途端、リュウキチは目を血走らせて食ってかかろうとする。

そんなリュウキチを高良は易々《やすやす》抑え込むが、それでも怒鳴るのを止めない様子は異常と取れるだろう。

「俺はサスケのせいで落ちぶれた！　サスケに人気をとられて、商売上がったりだ！　サスケさえいなければ、俺は帝都一の人気活動弁士のままだったのに！」

「リュウキチ……」

佐之助はなんとも言い難い表情をしている。同業者として繋《つな》がりもあったのだろう。

リュウキチの佐之助へと向ける憎悪《ぞうお》は、完全に身勝手な嫉妬《しっと》だ。

淡々と、高良は尋問《じんもん》する。

「……赤い鈴を、危険なものと承知で人々に配っていたな？　誰に頼まれた、お前自身にはどんな目的がある？」

「鈴を受け取った奴の後なんて知るか！　俺はただ、手段は問わず赤い鈴を配るよう指示されただけだ！　たくさん配れば、俺の願いをこの黒い鈴が叶えてくれると！俺は、俺はどうしても、サスケを帝都から追い出したくて……！」

やはりリュウキチも、思考回路がまともではない。

以前にも小春は、鬼物によって狂わされ、凶行に走った者を見たことがある。樋上家と縁の深い、榊原《さかきばら》家の夫人・榊原富江《とみえ》は、蛙谷にけしかけられた女中の嫉妬によって、辛い目に遭わされていた。

その女中は、鬼物である帯留めが原因だった。もとからある負の感情を、鬼物は煽《あお》るのだ。

「それで、その黒い鈴をお前に渡した奴は？」

「顔も名前も知らねぇよ！　家でやけ酒していたら、玄関にでかい行李《こうり》が置かれていたんだ！」

訝しみながらも、金目のものがあるかとリュウキチは行李を開けた。

中には大量の赤い鈴と桐箱、重たい封筒が収められていて、封筒の中には指示書と黒い鈴があったという。

「黒い鈴を手にして、そこから記憶が飛んで……あれっ？　な、なんで記憶がないんだ？」

話している途中で、リュウキチは額に汗をかいて頭を抱えてしまう。本当に記憶が抜け落ちているようだ。

しかしこれでは、黒幕の存在が確かめられない。

高良は煩わしげに怜悧《れいり》な美貌《びぼう》を歪めた。

「ひとまず後日、コイツの家に行ってその行李ごと押収するか。これもついでに壊しておかねばな」

素早く高良は、リュウキチの帯についていた黒い鈴を取り、手の中に握り込んだ。高良の手が、橙色の炎を帯びる。

焼けてヒビが入り、瘴気の抜けた鈴は、そのまま高良の懐に収められる。落ちていた赤い鈴も、高良が同様に処理して回収した。

黒い鈴の効果が切れた瞬間、リュウキチはフッと意識を失って地面に倒れ伏してしまう。

高良はもう、リュウキチに興味をなくしたようだ。

「あ、あの、リュウキチさんはこのあと……！」

「小春が構うことはない。いくら黒い鈴の影響を受けていたとはいえ、ソイツがもとより佐之助に持っていた悪意が根本だ。反省ついでに転がしておけばいい」

「で、でも……」

「起きたら正気に戻っているさ。自力で家にも帰れるだろう」

オロオロする小春の背を、操は「半分、自業自得」と軽く叩く。彼女も放っておけと促していた。

悪意を向けられた本人である佐之助はどうかと、小春はそっと様子を窺うが……。

「……佐之助さん？」

彼は酷く冷めた目で、リュウキチを見下ろしていた。小春を巡って高良と対峙《たいじ》している時ともまた違う、感情をそぎ落としたような目。

路地に差し込む細い光が、彼の顔の半分に陰を作る。高い鼻梁《びりょう》で好青年然とした顔立ちは、そうなるとひどく酷薄《こくはく》にも映った。

「僕を帝都から追い出したい、ね。……僕にはやることがあるから、まだここにいるよ」

静かに落ちた佐之助の呟きを、拾ったのは小春だけだろう。

思わず動きを止めた小春に、パッと陰を取り去った佐之助は「どうかしたかな、小春さん」と向日葵《ひまわり》のような笑みを向ける。

「な、なんでも……」

「とりあえず、これで事件はひとつ解決だね。これから僕と一緒に食事でもどうかな？　小春さん。鰻《うなぎ》の美味しい店があるんだけど」

ニコニコと佐之助が小春を誘えば、すかさず高良が小春の腕を取り、その小柄な体を引き寄せる。

「わわっ！　た、高良さん!?」

「あいにくと俺たちには今頃、夕餉《ゆうげ》の用意が樋上邸で始まっている。お前の提案には乗れない」

「高良には聞いていないんだけどな」

目を金色にして威嚇する高良を、佐之助は余裕な態度で受け流す。

そんな佐之助には変わった点は見受けられず、小春は首を捻《ひね》った。

（さっきの佐之助さんは、特に気にしなくてもいいのかな……？）

一方で操は、スタスタと路地を出ていこうとする。仕事を抜けて来たそうなので、今から職場に戻るのだろう。

「待ってくれ、操」

去りゆく彼女を引き止めたのは、以外にも小春の腕を掴んだままの高良だ。

「若様、なに？」

「その桐箱も、俺に預けてくれないか？　少し気になることがあってな、後日押収品と合わせて調べてみたい」

「……別に持っていたいものでもないし。どうぞ」

操から渡された桐箱を、高良は回収した鈴と同じところに仕舞う。

今度こそ操は去り、佐之助も今回は大人しく身を引いて、小春に「次こそはご一緒しようね」と言い残して消えた。

こうして浅草の喧騒《けんそう》を耳奥に残し、ひとつの任務はどうにか達成して、小春たちも樋上邸へと帰ったのだった。

闇の帳《とばり》が下りた空に、半分に割れた月が上る夜。

樋上邸に帰って夕餉を食べ、湯浴みも済ませた小春は、赤絨毯《あかじゅうたん》の敷かれた長い廊下を浴衣姿でぼんやりと歩いていた。

(なんだか忙《せわ》しない一日だったなあ)

あの鈴を渡されかけた青年を、巷で暴れる加害者という名の被害者に仲間入りさせることは、阻止できてよかったと思う。彼の身分差のある片想いに、進展があればいいなとも。

(そんなことは気にせず……好きな人と一緒にいられたらいいのに。例えば私も本物のお嬢様だったなら、高良さんの隣に堂々と立っていられたのかな)

それなら高良父から反対にあうこともなく、今頃もう祝言だって挙げていたかもしれない。

(考えても意味がないって、わかってはいるんだけど……)

出口のない思考の迷路に嵌《は》まりながら、高良の部屋の前を通り過ぎようとする。今夜は普通に、与えられた自室でひとり寝するつもりだった。

しかしそうはさせまいと、まるで機を窺っていたかのように、ガチャリと高良の部屋の扉が開く。

「きゃっ!」

そのまま腕を掴まれ、中へと引き摺り込まれた。後ろでパタンと、扉の閉まる音がする。

言わずもがな、高良の仕業《しわざ》だ。

「も、もう！　驚かせないでください！」

「小春を探しに行こうとしたらそこにいたから、ついな」

悪戯《いたずら》っぽく明かす高良は、長い指先で小春の湿った髪を梳《す》く。彼も小春と同じく浴衣姿で、就寝前のようだった。

夜遅くまで仕事に取り組むことも多い彼だが、今はどちらかというと表の仕事より、祓い屋として今回の件を優先している。もう本日は、ひとつの任務を終えて床につくらしい。

「よければ、今夜も共に寝ないか？　小春が不足している状態なんだ」

「な、なんですかそれ」

「嫌か？」

「け、けっして、嫌……ではない、です……」

「よかった」

柔らかく微笑む高良に連れられ、ふたりで広い寝台に転がる。

もう何度か共寝しているというのに、小春はこの高良と布団の中で寄り添う時が、一番ドキドキと緊張してしまう。

「そう固くなるな。婚前に手は出さないと、ちゃんと約束しただろう？」

「も、申し訳ありません。つい、その……」

いとけなく初心《うぶ》な小春を、高良はやんわり抱き寄せながら「忙しない一日だったな」と嘆息《たんそく》した。緊張を解《ほぐ》そうと話題を振ってくれたのか。奇しくも小春とまったく同じ感想だ。

「はい……食べ歩きも活動写真もとても楽しかったのですが、その後にリュウキチさんの確保と、息つく間がなかったです」

「小春とふたり、もっとのんびりしたいものだ。静かなところに遠出するのもいいな」

「静かなところというと……」

「近場だと鎌倉《かまくら》や逗子《ずし》、足を伸ばすなら伊勢《いせ》に箱根《はこね》あたりか。祝言の後は、新婚旅行もしなくてはな」

「ふたりで旅行ですか！」

この時代、まだまだ新婚旅行という文化は庶民派とはいえない。小春の中ではそもそも旅行自体、上流階級の人がするものだ。

高良となら、きっと素敵な旅になるだろう。

（無事に祝言を挙げられたら、だけれど……）

束の間、そんな憂いがまた顔を出してしまう。けれどすぐに取り繕って、小春は「楽しみです！」と笑顔を向けた。

高良はふと、考え込むように無言になる。

「ど、どうされました？」

その口を閉ざした端正な面立ちが、小春にはなんだか寂しそうにも見えた。高良は答えず、小春の首筋にするりと指先を這わせる。

「高良さん……？」

「……なあ、小春。久しぶりにここに、噛み痕《あと》を残させてくれないか」

「か、噛み痕ですか？」

やっと彼の口から出たのは、小春にとっては予想外の懇願《こんがん》だった。

高良は以前、小春の見鬼の力を封じるための手段として、首元を噛んで術を施していた。そうすると高良の気配も纏えて、小春にとって鬼避けにもなったのだ。

しかし今は、小春は祓い屋たちの任務に参加している。高良の力になるためにも、術を施されて瘴気や鬼がわからなくなるのは困る。

そう伝えると、高良は艶やかな黒髪を枕に散らして、首を横に振った。

「術を掛けるためじゃない。ただ……小春が俺の手元にいると、確とわかる証拠をつけておきたいんだ」

「証拠、ですか」

「あとは虫除けだな。佐之助のこともあるだろう？　アイツがいつどこで、小春に惚れたのかは知らないが……小春は魅力的だからな。瘴気や鬼以外にも、よからぬ虫は牽制《けんせい》しておきたい」

小春としては、魅力的なのは高良の方だと反論したかった。

けれど真剣な高良の目に、要らぬことは言わずにおく。

（もしかして高良さんも、私と同じでなにか悩んでいらして……だからこんな行動に？）

それならば打ち明けて欲しかったが、無理に聞き出すことも憚《はばか》られる。

ここは小春もあえて掘り下げず、高良の望み通りにすることにした。

上半身を起こし、もぞもぞと体勢を変えて、高良が噛みやすいように彼の方に背を向ける。

「ど、どうぞ！」

高良は「失礼するぞ」と前置きし、小春の湯上がりから乾いた髪を払って、浴衣の後ろ衿をくつろげた。高良の吐息が触れて、小春の肌は一気に粟立《あわだ》つ。

（ひゃっ！）

悲鳴は喉奥で噛み殺した。

ゆっくりと、小春の皮膚に歯が食い込んでいく。

高良の力加減の賜物《たまもの》だろう、痛みはほとんどなく、すぐに甘い痺《しび》れへと移っていった。

「……ん、これでいい」

満足そうに、高良が体を引く。

くっきり噛み痕が残っている肌を、高良に晒し続けていることが恥ずかしくて、小春は乱れた浴衣をワタワタと直した。

（羞恥《しゅうち》で死にそうだよ……！）

チラリと高良の方を向けば、心なしか安心したような笑みを口元に乗せている。高良の寂しさがちょっとでも癒えたなら、ひとまずいいのかなと、小春は己を納得させた。

それから明かりを落とし、ふたりは正面から抱き合って目を閉じた。

首裏の熱が治まったら次いで疲れがきて、うとうとし始めた小春に、高良はまるで子守唄を口遊《くちずさ》むように囁く。

「……俺は早く、小春と正式な夫婦になりたい。しっかり捕まえておかないと、また幼い頃のように、小春と離れるのではないかと不安なんだ」

酷い音痴《おんち》な小春と違って、その高良の子守唄は極上の眠りを誘った。小春の意識はもう朧気《おぼろげ》で、高良の言葉の意味を半分も理解できていない。

「この先も永久に、小春は俺の傍にいてくれるか？」

(なに……高良さんはなんて……)

切実な響きを帯びた問いかけに、とにかく返事をしなければと、辛うじて小春は首をコクンと縦に振った。

愛おし気に、高良が小春の頭を撫でる。

そのまま、与えられる心地のよい微睡《まどろ》みに、小春は身を委《ゆだ》ねたのだった。

三章　女学校に巣食う鬼

「え……潜入ですか？　私が女学校に……？」

縁側に足を投げ出して座る小春は、間抜けに口をポカンと開けた。

夏日の中で久方ぶりに、ほんのり涼《りょう》を感じる本日。

小春は朝から、和館の庭の草むしりをしていた。つい先ほどまで、着物の袖を捲《まく》り上げて土に汚れながら、庭師の者を手伝っていたのだ。

庭師は当然「そんなこと奥様にさせられません！」と止めたが、珠小路家にいた頃から草むしりは小春の好きな仕事だ。どんどんお庭が綺麗になっていくのが、目に見えてわかるのがいい。

高良は会社の方に顔を出しに行って不在で、おひい様から次の指示もまだないため、時間を持て余した小春は率先《そっせん》してやらせてもらった。

そして粗方の雑草を引き抜いたところで、高良が予定より大幅に遅れて帰宅。会社に行くついでに用事があって、いろいろな場所に立ち寄っていたという。

その場所にはおひい様の屋敷も含まれ、そこで聞いた『新たな任務』を、高良は小春に伝えたわけだが……。

「……じょ、女学校ってどういうことでしょうか」

「幸田リュウキチの件では、人の集まる浅草の劇場が、鈴配りの犯行場所として目をつけられていただろう？」

「は、はい」

スーツ姿で隣に腰掛ける高良の問いで、小春は思い出す。

その件はもう、一週間ほど前のことになる。

リュウキチ宅から押収した行李の中身は、桐箱も含めてなにやら高良がじっくり検証中だ。

リュウキチの犯行を止めたことで、人がいきなり凶暴化する傷害事件は一応の終息を見せた。千津も「最近、帝都がまた平和に戻ってよかったですね」とニコニコしていた。

しかし、小春のあずかり知らぬところで、別の事件は動いていたらしい。

「此度の犯行場所は、青山《あおやま》の女学校だ。事の発端《ほったん》は今月の頭頃、校舎の窓からひとりの生徒が飛び降りた事件だな」

「と、飛び降り……!?」

戦く小春に、高良は訥々と語る。

「学校内で起きたことで、世間体を気にする学校側や親側の事情もあり、表沙汰にはなっていない。幸い命に別状はなく、花壇に落ちて骨折程度で済んだようだ。現在は入院中だ」

「そ、そうなのですね……取り返しのつかないことにならず、よかったです」

「なぜそんな行動に出たのか、本人はサッパリ覚えていないらしい」

記憶がないというのも、なんとも恐ろしいことだ。

さらにはそれを皮切りに、校内では不穏な出来事が続いているとか。

「生徒の間で諍《いさか》いが頻発したり、前触れもなく急に数人が倒れたり、原因不明の不登校になる者が現れたり……明らかに異常だ。瘴気は凶暴化させるに限らず、とにかく人の精神をおかしくさせるからな」

「それらも、まさか赤い鈴の影響で……？」

「今のところ、飛び降りた生徒が持っていたことは確認が取れている。落下時に手の中に握り込んでいた、と。他はこれから調べるところだな」

これまた、リュウキチの件以上に厄介そうな案件である。

話を聞いているうちに、小春はなんだか喉がカラカラに渇いてしまった。もともと草むしりで汗をかいていた分、水分が恋しくなる。

「……すみません。先ほど頂いたこちら、少し飲んでもいいですか？」

「もちろんだ。小春への土産なのだから、好きに飲んでくれ」

「い、いただきます」

高良から許可を取り、傍《かたわ》らに置いてあった冷たいラムネ瓶を手に取る。ポンっとビー玉を押して開け、ゴクゴクと喉を潤《うるお》した。

ラムネは庶民の間で親しまれる飲み物で、清涼感あふれる味が夏に合う。小春が好きだと聞いて、帰路で駄菓子屋にて偶然見かけた高良が、わざわざ買ってきてくれたのだった。

（駄菓子屋さんと高良さんの組み合わせって、想像するだけでちょっと可愛い）

おかげでゾッとしていたところ、気分が解れた。

カランッとビー玉を揺らし、膝の上で瓶を両手に抱えながら、小春は「それで」と話を戻す。

「その入院中の女生徒さんは、鈴のことも忘れているのでしょうか？」

「校内で誰かから、『御守りの鈴』だと言われてもらったことは覚えている、と。常に持ち歩けば、鈴が持ち主を守ってくれるとも囁かれたとか。くれたのが誰かは思い出せず、その後は記憶が曖昧《あいまい》だそうで、本人も混乱していた」

他にもなにか囁かれたそうだが、それ以上はその女生徒から聞き出せなかったという。

『幸運の鈴』の次は『御守りの鈴』とは、また神頼みもいいところな名称だ。人はなんやかんや、そういったものに期待を寄せたくなるものなのか。

（でも持ち主を守るどころか、その鈴が持ち主を危険に晒しているんだよね……）

なんとも皮肉なことである。

高良はスーツのネクタイを緩め、やれやれと呆れた表情を浮かべる。

「問題はその御守りの鈴が、他の女学生たちにも出回っているかどうかだな。最終的には、その渡した『誰か』を突き止めなくてはいけない」

「だから私が、女学校に潜入して調査をするわけですか……」

「正確には、小春と操が短期で体験入学の生徒として、俺が臨時教師として入り込む。佐之助は今回裏方だな」

もはや大スタア並みの活動弁士である佐之助は、女学生にもファンが多い。顔が割れているため、潜入には向かないそうだ。

「アイツが小春に近付かないなら、俺としても教師役に専念できる」

佐之助への敵対心を露にしつつ、高良はスクッと立ち上がった。

「そういうことで……急で悪いが、もう明後日には潜入開始だ」

「明後日ですか⁉　ま、待ってください！　そもそも女学校など、簡単に入り込めるものなのですかっ？」

華族の子女を筆頭に、よい家柄の出でさえあれば、簡単に体験入学でもなんでもできるだろう。学校によっては平民でも入学許可が下りることはあるが、その場合は大抵、相当の資金と難解な試験を通過することが必須だ。

潜入といっても容易ではない。

しかし、心許《こころもと》なく見上げてくる小春に、高良は口角を上げた。

「問題ない。おひい様が裏から手を回し、とっくに手続きは済んでいる」

「も、もう？　いったいどうやって……」

「小春は珠小路子爵家の遠縁ということにしたそうだ。事情をぼかして、先ほど珠小路家のご当主にも話してきた。事後報告にはなってしまったが、うちの名前は好きに使ってくれと、快く了承してくれたぞ」

「有文《ありふみ》様が⁉　高良さん、珠小路子爵家に行かれていたんですか⁉」

「操も家柄は同じで、小春のひとつ下の妹という設定だ」

「操さんが私の妹……？」

急な情報量の多さに、小春はこんがらがっている。

学校側に無理を押し通したおひい様にも、そんなところにも顔が利くのかと、そちらの驚きもあった。

小春の代わりに冷や汗を流すように、ラムネ瓶から水滴が縁側へと垂れる。

そんな小春の頭を、大きな手がやんわり撫でた。高良は小春のまろい頭を撫でることが好きらしい。

「小春は女学校に憧れがあっただろう？　今回のおひい様からの指令は、たとえ任務だとしても、小春にとってよい経験になるのではと思ってな」

「高良さん……だから……」

本来なら高良は、あえて文句は言わずとも、小春が祓い屋の任務に参加していることには不満がある。それが今回に限り、やけに積極的に進めているのは……小春が学校に行きたそうにしていたかららしい。

(私を想ってのことだなんて……)

彼の愛情を感じて、首裏の噛み痕がじんわり疼《うず》く。

一週間経って少しずつ薄れてはきているが、こうやって事あるごとに意識しては、どうにも堪《たま》らない気持ちになってしまう。

(でもそういうことなら、私も喜んでお引き受けしないと)

かつては明子のふりをしていたとはいえ、生粋のお嬢様方に混じれば、生まれの違いを痛感してまた自信を失くすかもしれない。けれど高良にふさわしい嫁を目指すには、お嬢様らしさを学ぶいい機会でもあった。

なにより高良の言う通り、憧れの学校に一時的とはいえ通えるのである。とても貴重で好運なことだ。

「わ、私……あの、嬉しいです！　任務とはいえ、女学校に行けるのは！」

心からそう伝えれば、高良も微笑んだ。

「ならば入学準備だな。実は仕事帰りに寄ったのは、おひい様の屋敷と、珠小路子爵家の他にも……」

「――小春お姉様！　高良お兄様！　こちらにいらっしゃいましたのね！」

タッタッタッと、木板の廊下を駆ける音と共に、狙いすましたように登場したのはまさかの亜里沙だった。相変わらずふわふわの長い茶髪に、豪奢な薔薇模様の着物を纏っている。

後ろにはお供の男性もいて、やけに大きな革製のトランクを携《たずさ》えていた。

「あ、亜里沙さん!?　なぜこちらに……足の怪我はもう大丈夫なのですかっ？」

ビックリして小春は腰を上げる。

対して亜里沙は「いつの話をしていますの？　お姉様ったら」と、足袋《たび》を履《は》いた爪先で、トントンと床を叩いてみせた。

「くじいた程度の怪我、この通り次の日には全快ですわ。被害に遭った運転手も元気ですのよ！　そんなことより、お兄様から数時間前にお話を窺いまして、最速で準備致しましたの！」

亜里沙が促せば、お供の男性は小春の前でトランクを開ける。中には黒い編み上げブーツが入っていた。

「これは……？」

「お姉様、女学校に行かれるのでしょう？　今時の女学生といえば、袴にブーツですわ！　黒の短靴《たんか》もいいですけれど、こちらの方がきっとお似合いでしてよ」

「え、ええっと、私が履くのですか？」

「お姉様以外にどなたがいらっしゃいますの？　そのために、急いでお父様のご友人のお店に駆け込みましたのよ！」

　亜里沙父の友人が、日本橋《にほんばし》で洋装店を営んでいることは小春も知っている。このブーツはそこの商品で、亜里沙が知人割引で購入してきたらしい。

　またもや状況を呑み込めていない小春に、横から高良が説明してくれる。

「女学生になるのなら、それらしい格好は必要だ。袴は珠小路家から明子嬢のものを拝借《はいしゃく》してきたが、履物がちょうどいいのがなくてな。その足で亜里沙のもとに相談に行ったら、こうしてすぐさま持って来てくれたわけだ」

「できる女は、準備も早いのですわ」

　ふふんと胸を張る亜里沙。

　よく見るとトランクの陰にはマロもいて、密かに主の後をついて来ていたようだ。尻尾をフリフリと左右に振りながら、小春に向かって「ミャア」と呑気にひと鳴きする。

（高良さんも亜里沙さんも、有文様や明子様まで……私が女学生になることに、皆さん協力的過ぎるよ……！）

恐縮する小春の背を、やんわりと高良が押す。亜里沙もぐいぐいと、小春の手を引いた。

「袴は車に積んであるが、真白に言ってこちらへ運ばせよう。ひとまず着替えてみてはどうだ」

「ブーツもお履きになって、髪型も女学生らしくしませんと！　千津さんにもお手伝い願いたいですわ！」

「は、はあ……」

なんやかんや従妹同士、押しの強い高良と亜里沙に丸め込まれて、小春は強制的にお着替えをさせられることとなった。


「わぁ、袴姿もお似合いです！　きっと学校に行かれても一番です！」

「私の見立てに間違いはありませんわ！」

（なんだか以前にも、こんなことがあったような……）

和館の畳敷きの一室で、千津がお下げ髪を跳ねさせて拍手し、亜里沙が得意げな顔をする。

そんなふたりを前に、小春は既視感を覚えていた。

確か亜里沙がワンピースを贈ってくれた時も、千津と亜里沙は今のように、小春を着飾って大変はしゃいでいたものだ。

（ワンピースよりは、まだ着ていて違和感は少ないけれど……ちゃんと女学生らしくなれているのかな？）

小春は腕を少し広げて、自分の格好を見回してみる。

紫と白の矢絣《やがすり》の銘仙《めいせん》に、下は明子から借りた海老茶《えびちゃ》袴。髪はかつて小春が明子にも施したことのある、流行のマガレイトにされた。三つ編みを折りたたんで作る束髪は、仕上げに曙《あけぼの》色の幅広のリボンをつけている。

これであとは、黒い編み上げブーツを着用すれば、亜里沙いわく『完璧な女学生』である。

「さあさあ、お庭に出ましょう！　お兄様にお披露目ですわ！」

亜里沙に引っ張られるまま、小春は縁側から庭へと降りた。

初めて履くブーツには手間取ったが、よろける足で土をしっかり踏み、袴を翻して高良のもとへ駆け寄る。

「お、お待たせしました、高良さん！」

「……ん。早かったな」

小春のお着替え中、高良は手入れしたばかりの夏の庭を散策していた。青い空に枝葉を広げる緑が、若々しく目に眩《まぶ》しい。

木陰に立つ彼は小春の姿を視界に入れると、ほんの少し目を見開いてから、ゆるりと破顔《はがん》した。

「似合うな、可愛い」

たっぷりの甘さを含んだ、表情と眼差し。

それは遠目で見ても凄まじい威力で、亜里沙は「まあ、お兄様の見てはいけない顔を見てしまいましたわ！」と興奮し、千津は両手を頰に当てて「わ、私には刺激が強いですぅ」と縮こまっている。

もちろん、真正面から食らった小春も無事ではない。

「あ……ありがとうございます……」

林檎《りんご》より真っ赤になった顔で、そう礼を言うのが精一杯だった。

お披露目は済んだので、もう早々に着替えてしまおうと、くるりと踵を返しかけるが……。

「そうですわ！　せっかくですしそのお姿のまま、女学生に人気なカフェーにでも、お姉様とお兄様でお出掛けされてはいかがかしら？」

名案だと言わんばかりに、亜里沙が縁側から提案を飛ばす。

女学校も憧れだが、カフェーも小春にはこれまで敷居の高かった場所だ。小春の丸い瞳が一瞬輝いたのを、高良は見逃さなかった。

「行くか？　小春。俺もこの後予定はない、すぐに着替えては勿体ないだろう」

「あ……高良さんがよろしかったら、行きたい、です」

慣れない格好で街を歩くのは、少々まだ戸惑いはあるが……好奇心には勝てなかった。

それにカフェーに行けば、他の女学生たちもいるかもしれない。彼女たちの間ではどんな話題が流行っていて、どんな振る舞いをしているのか。小春は潜入前の参考にさせてもらうことにした。

亜里沙は「私もご同伴したいところですけれど、おふたりの邪魔は致しませんわ」と、ニヤニヤしている。

ただカフェーといっても、帝都に数ある中でいったいどこを選ぶのか。小春が高良に尋ねれば、彼は最初から行くところは決めてあるらしい。

『銀座の『アルペジオ』というカフェーだ。あそこは珈琲《コーヒー》が旨い上に、知人が働いているからな」

「高良さんのお知り合いさんですか？」

「小春も知る人物だぞ」

え？と疑問符を浮かべる小春に、高良は行ってみてからのお楽しみだと言って、ふたりは車でまず銀座へと向かう運びとなった。

樋上邸を出る際、出会《でくわ》した真白は「ゲーテの詩集がピッタリな格好ですね」と、小春に絶妙な褒め言葉を送っていた。

そうして、辿り着いたカフェー『アルペジオ』。

外観は重厚なレンガ風で、深い青の看板が銀座の端っこでも異彩《いさい》を放っている。店内は茶色の壁に、濃色《こきいろ》の絨毯、控え目な光を放つ鈴蘭《すずらん》の花の形の照明と、全体的に品よく落ち着ける雰囲気だ。

ナラ材製のラウンドテーブルと椅子は二十席ほどで、小春たちは窓際の席に案内された。

四角い窓は四隅に青の色ガラスを取り入れており、細かなところにもセンスのよさが窺える。

「素敵なカフェーですね、高良さん！　こんなところでお茶できるなんて……！」

感動している小春の横を、お盆を携えた女給《じょきゅう》が歩いていく。カフェーの女給は見目を重視するところも多く、ここでも美人率がやたらと高い。

そのためか装いも可憐で、制服である純白のエプロンには、フリルがふんだんにあしらわれていた。

（あのエプロン、どこかで見たような？）

小春が軽い引っ掛かりを覚えていると、対面に座る高良が「まずは好きなものを頼むといい」と、メニュー表を広げてくれる。

メニューにはサンドウィッチやビーフシチューといった西洋の料理から、高良オススメの珈琲や、紅茶といった飲み物、アイスクリンやシベリアなどのデザート類が豊富に載っていた。

『シベリア』は、あんこや羊羹《ようかん》をふわふわなカステラで挟んだお菓子で、メニューの中でも特に人気らしい。

小春はそれと紅茶を、高良は珈琲だけを頼んだ。

注文したものが届くまでの間、小春はさりげなくお客の様子を眺める。

「今の時間は女学生さんよりも、男性のお客さんばかりなのですね」

席は小春たちを入れて、半分ほど埋まっている。残念ながら女学生はおらず、文化人風や会社員風の男性が占めていた。

「仕事の合間に一服しているのだろう。あとはけっこう、目当ての女給がいて通う者もいるようだな」

「なるほど……働いている皆さん、お綺麗ですもんね」

小春が納得したように零せば、高良はしれっと「小春が一番可愛いがな」などとのたまう。

「な、なにをおっしゃっているんですか！」

「真実だ。だがここまで男性ばかりだと、小春の参考にはならなそうだな」

「それは……ですがカフェーに行った経験だけでも、女学生さんのフリをする参考にはなりますよ。学校で話題にできます！」

「小春は真面目だな」

苦笑しつつも、高良の口調は優しい。

そういうところも、自分が想う小春の魅力だと言わんばかりだ。

「小春ならきっと、どこでもすぐに馴染める」

「そ、そうでしょうか……本物のお嬢様ではないので、その……」

（でもよく考えたら、潜入する役目はひとりじゃないもんね。高良さんと操さんがいてくれるなら、心強いかも）

小春がその無表情な美少女の顔を、ちょうど思い浮かべた時だった。

「お待たせ致しました」

女給が珈琲と紅茶を持ってくる。

横を見たら操がいて、小春はしばし固まった。

「ええっと……操さん、ですか？　そのエプロン……あれ？」

いつぞやと同じ鶯色の着物にエプロンをつけた操の姿に、小春は遅れてようやく、彼女がここで働いていることを認識する。

（私も知っている高良さんのお知り合いって、操さんのことだったんだ……！）

高良は素知らぬ顔で、操から珈琲を受け取っている。操も「どうして若様と、小春さんがここに？」と尋ねるも、さして驚いた様子はない。

「もしかして任務？」

「いや、単に小春とカフェーを楽しみに来ただけだ」

「そのわりに、小春さんは女学生の格好。明後日からの私との任務、関係ない？」

「そっちは関係あるな。先に服装を合わせてみた」

「ふーん、そう」

このふたりの会話は、どうにも事務的で淡白だ。くるりと操は小春の方を向き、

「どうぞ」と紅茶を前に置く。

「シベリアはまたすぐ運ぶ。少々お待ちください」

「は、はい……」

接客業であるはずだが、操はニコリともせず愛想の欠片《かけら》もない。

それでも近くの席から「操ちゃん、こっちも注文頼むよ！」「俺のところもお皿下げてよ、操ちゃん」と引っ張りだこで、彼女目当ての客も一定数いるらしい。しかもなかなかに熱狂的だ。

操はひとつひとつ迅速《じんそく》に対応しながらも、自分のファンの人達にもとことんすげな

かった。

（操さんって、よい方なことはわかるんだけど……なにを考えていらっしゃるのか、ちょっとわからないんだよね）

そんな操と明後日から、まさかの姉妹設定で任務を行うのだ。小春としてはもう少し、親睦《しんぼく》を深めたい気持ちもあった。

「これ、シベリア」

「あっ、ありがとうございます。あの、操さ……」

「それじゃあ、ごゆっくり」

再び小春たちの席に来た操は、皿を置くと一礼して、さっさと別の席に向かおうとする。白い皿の上に載るシベリアは、カステラの間の羊羹が予想より分厚くて食べ応えがありそうだ。

カランカランと、そこでドアベルが鳴る。

入店した人物がちょうど視界に飛び込み、小春は立て続けに驚かされる。

「有文様……！」

「……おや？　そこの席にいるのは、小春と高良くんかい？　高良くんはつい先ほどぶりだね」

二十代半ばくらいの若い紳士は、青海波文様《せいがいはもんよう》の青い着物に同色の羽織を合わせ、穏やかな面差《おもざ》しに微笑みを乗せた。

彼は珠小路子爵家の当主・珠小路有文だ。

ゆったりした足取りで、有文は小春たちに歩み寄った。すかさず高良が立ち上がって応対する。

「先ほどは急な訪問の上、不躾なお願いを聞いて頂きありがとうございました」

「いやいや、気にしないでおくれ。それにしても偶然だね。こんなに早く小春の女学生らしい格好を見られるなんて、明子も連れてくればよかったな」

「ご当主殿はなぜこちらに？」

「高良くんが帰ったあと、仕事の急用が入ってね。銀座の方で取引先と会っていたんだ。その帰りに小休憩に入っただけだよ」

ここは有文の行きつけらしい。

珠小路子爵家は華族といっても、けっして裕福ではない。

もとより資産に恵まれていない公家《くげ》華族であり、数年前までは浪費《ろうひ》家の先代のせいで借金まみれであった。それを若くして立て直した有文は、小さいながらも会社を営んでいて、病弱な妹のためにも一仕事してきたようだ。

「よかったら、席をご一緒致しませんか？　小春も久方ぶりに、ご当主殿とお話ししたいでしょうし」

高良の気遣いにあふれた提案に、小春は反射的に「ぜひ、お話ししたいです！」と食いついてしまう。

小春が高良のもとに嫁入りしてからは、前の職場である珠小路子爵家の皆とは顔を合わせていなかった。職場とはいうものの、当主である有文も、明子も同僚も、皆心優しい人たちばかりで、小春にとっては畏れながら実家のような場所だ。

明子の近況も聞きたくて、積もる話をしたかった。

「いいのかい？　夫婦になるふたりの間に、お邪魔しても」

「もちろん、小春も喜びます。悪いが操、こちらにもうひとつ椅子を運んで……どうした、操」

高良が席を増やすよう頼むも、操はどうしてか、有文を凝視して硬直していた。それに気付いた有文が「ああ、操さんか」とそちらを振り向く。

「申し訳ないね、椅子を頼んでもいいかな」

「は、はい……それは、はい。かしこまりました。あ、有文さんはその、小春さんたちとは交友がおありで……？」

「小春はもともと、うちで働いていたんだよ」

「そう、なんですか」

もじもじそわそわと、なにやら操の様子がおかしい。

小声でボソッと「小春さん、いいな」と呟いたことも、小春は聞き取れた。小春と高良はひっそり目配せする。

「あの……有文様と操さんこそ、交友があるんですか？」

小春の質問に、有文は朗らかに教えてくれた。

なんでも、しつこい客に操が絡まれていたところ、有文がやんわり客を窘めて助けたことがあるという。そこから、客と女給という立場ながら、来る度にささやかな会話を交わす仲になった……と。

「……おそらくご当主殿が助けに入らずとも、操は自力で対処できただろうがな。操の父は軍人で、娘にも幼い頃から武術を叩き込んでいたと聞く」

高良は小春の耳にだけ拾えるよう、そう小声で伝えた。

まだまだ世の中では、女性に必要なのは花嫁修業のみで、男性と同等の教育など無駄だという風潮が強い。そんな中で、操の父はかなり珍しい親といえる。

なお、操の母は祓い屋の一族出身で、操はそちらの才能もあった。そのため、家柄的には女学校に行けなくもなかったが行かず、おひい様のもとで修業をしながら、女給もして小遣いを稼いでいるとか。

このカフェーにおいては、操は厄介客を撃退する用心棒的な役割もあるらしい。有文は当然知らぬことだ。

「本気の操なら、大の男ひとりくらい投げ飛ばせる」

「で、では、むしろ……有文様が介入しなければ、危なかったのはしつこかったお客の方……？」

「だろうな」

おそるおそる尋ねた小春に、高良は珈琲を一口啜《すす》って頷いた。

有文の前で、操は僅かに無表情を綻《ほころ》ばせ、あからさまに恋慕っていることがわかる。小春はなんだか、普段との違いもあって操を大変可愛らしく感じた。

（有文様は妹の明子様のことばかり優先されて、ご自分のことはいつも二の次……でも、お嫁さんをもらってもいい御年だもんね）

華族の結婚にはどうしても、世間的に相手の家柄が判断要素になるが、軍人の娘ならば申し分ない。

むしろ明子の方が、医者の家で書生をしている青年と思い合っており、身分に障害がある状況だ。

（私と高良さんもだけれど……）

自分たちのことは置いておいたとして、世話になった有文にも明子にも、小春は幸せになって欲しいと常々祈っている。

（有文様と操さん、並んでいる姿はお似合いだよね。あとは、有文様の側に気があれば……)

チラと、ふたりの様子を小春は盗み見する。

「……こ、こちらどうぞ、有文さん」

「いつも親切にありがとう、操さん」

近くの空いた席から椅子を引っ張ってきた操に、有文は下心など皆無な笑みを見せる。今のところは、操の完全な片想いのようだ。

「報《むく》われるといいな」

「はい……応援したいです」

高良と小春は、こそこそと頷き合った。

操は去り際、小春に「よかったら今度、有文さんのこともっと教えて欲しい」と耳打ちしていて、小春はもちろん了承した。意外なところから、親睦を深めるきっかけが生まれたみたいだ。

(女学校潜入も頑張らなきゃ!)

ひとりで小春は気合いを入れ直す。

その後は有文も交え、紅茶やシベリアに舌鼓《したつづみ》を打ちながら、小春はカフェーでの一時を楽しんだのであった。

※

青山にある女学校は、木造二階建ての歴史ある校舎だ。

両家の子女が集《つど》う格式高い学《まな》び舎《や》では、小鳥が囀《さえず》るように「ごきげんよう」「いい朝ですわね、ごきげんよう」と、品のいい挨拶が交わされている。

子女たちは皆、袴姿に頭のリボンを揺らし、少女らしくいられる時代を謳歌《おうか》しているようだった。

そんな彼女たちの群れに交ざり、小春と操も静々《しずしず》と登校する。

一応偽名を使い、小春は『春子《はるこ》』、操は『美佐子《みさこ》』という名になっている。

「ごきげんよう、春子様、美佐子様」

「毎朝一緒に登校されるなんて、本当に姉妹で仲がよろしいのね」

「もう学校生活には馴染まれました？　わからないことがございましたら、お気軽に尋ねてくださいましね」

校門を過ぎたら、級友たちに見つかってあっという間に囲まれる。

小春はまだ内心で戸惑いながらも「ご、ごきげんよう皆さん」と、にこやかに返した。操はペコリと頭を下げるに留《とど》める。

――女学校への潜入が始まって、もう五日目。

初日はどうなることかと思いきや、周囲の小春たちへの受け入れは早かった。

生まれた時から蝶よ花よと育てられ、日々の生活に退屈を持て余した姫君たちだ。珍しい体験入学生、それに姉妹ということもあって、彼女たちは小春と操に興味津々だった。

生まれの違いが……などと案じていた小春だが、それはまったくの杞憂《きゆう》で済んだ。

積極的に話しかけてくる級友に対し、小春はすぐに仲良くなれた。

お嬢様としての振る舞いも、今のところボロは出ていない。それは生まれを気にする小春にとって、多少なりとも自信になりつつある。

ちなみに操に関しては、「泰然自若《たいぜんじじゃく》な態度が大人っぽくいらっしゃるわ」「凛《りん》と咲く黒百合のような御方よね」と、謎の人気っぷりだ。こちらはファン倶楽部までできそうな勢いである。

(佐之助さんも操さんも、大衆の心を掴む力があるんだよね……高良さんもだけれど)

まさか祓い屋には、そんな才能も必須なのか。

操とふたりで校舎内に足を踏み入れながら、小春がおかしなことを考えていたら、「きゃあっ!」と姦《かしま》しい悲鳴が上がった。

見れば廊下の向こうから、黒いスーツにネクタイを締めた高良が歩いて来ている。

いや、今の名前は、臨時の歴史教師である『大和先生《やまと》』だ。

「大和先生、なんて凛々しいお姿かしら」

「ご高齢だった池谷《いけたに》先生の後任が、まさかあんな若くて素敵な殿方だなんて！　授業中もついつい目で追ってしまいますの」

「大和先生が来てくださって、毎日に華が生まれましたわよね」

「臨時だなんて残念。卒業までいてくださるといいのに」

女生徒の熱視線を一身に受けながらも、高良は平然と受け流している。

佐之助ほどでないにしろ、樋上家の御曹司《おんぞうし》として一部名の知れている高良は、軽い変装をしている。幼い頃のように眼鏡を掛けて、髪を固めて印象を変えていた。今のところ気付かれている様子はなく、彼もまた大人気である。

ちなみに『大和』という名は、彼の実母の旧姓から取ったものだ。

（女学校では、〝エス〟と称される関係もままあるって聞いていたけど……やっぱり素敵な殿方には、皆さん惹かれるものなんだな）

〝エス〟は少女同士の、秘密の疑似恋愛のことを指す。狭い鳥籠で生きる彼女たちは、時に身近な者とそういった関係になるという。

小春がぼんやりしている間にも、高良との距離はどんどん近づいていた。

形式的な挨拶をして擦れ違う折、フッと高良に意味ありげな流し目を送られて、小春の心臓がドキリと跳ねる。

（ううっ……大和先生に扮《ふん》している高良さんも、本当に格好いいよ）

また普段の彼とはひと味違った色気があり、出会った頃と同じ眼鏡姿という点も心擽《くすぐ》られる。

けれども今は任務中で、間柄は教師と生徒。

小春は高良にドキドキする度、言い知れぬ背徳感を抱いてしまう。

「若様と小春さん、熱々。でも本来の関係が露呈《ろてい》しないよう、気を付けて」

「そ、それは、はい！　わかっています！」

ボソッと操に耳打ちされ、小春は気を引き締める。

「でも正直、羨ましい」

ついでに一言、欲望を呟いた操は、有文に懸想《けそう》していることをあまり隠す気はないらしい。

もうすでに小春はいくつか、「有文さんのお好きな食べ物、わかる?」やら「どんな女性が有文さんは好きかな」やら、操から根掘り葉掘り、有文に関する質問を受けていた。

おかげで操との仲は徐々に縮まり、信頼も築けているようで小春としては喜ばしかった。

「それじゃあ……春子姉様、お昼の時間にまた」

「ええ、美佐子さん」

階段の前で姉妹らしいやり取りをして、小春は操といったん別れる。

女学校は基本、四年制と五年制があり、この学校は四年制。一番上の学年に当たる小春より、操はひとつ下の学年のため、教室がある階も違うのだ。

……さて、小春が自分の教室に入れば、また周囲から「ごきげんよう」と声を掛けられた。このように校内は、一見すると安寧《あんねい》そのものである。

だけどそれは、あくまで表面上のこと。

麗しい女学生たちの花園では、花の根本で密やかに、危険な毒草が蔓延《はびこ》っていたりする。

（今日もあちこち、瘴気だらけ……）

席に着いた小春は、こっそり嘆息した。

女生徒にも職員にも見えていないが、校舎内にはずっと黒い靄がうっすら漂《ただよ》っているのだ。

どの教室や廊下もそうで、実はここに来た初日の方が瘴気の濃さも酷く、鬼も何匹かうろついていた。それを高良と操が隠れて着実に祓っていき、今ほどに抑えている形である。

しかしながら、『学校』という場所も悪く、漂う瘴気に誰かが精神を侵されると、またその者も瘴気を発するようになってしまう。

元を絶たなければ切りがない。

(瘴気の範囲が広過ぎて、犯人の特定に苦労しているんだよね……私の感知能力が頼りだって、操さんは言ってくれたのに)

小春はよほど悩まし気にしていたのだろう。庇髪《ひさしがみ》に若草色のリボンをつけた少女が、席まで来て「春子様、具合がよろしくないの?」と話しかけてきた。

「あっ……す、少し寝不足なだけですわ、柳子《りゅうこ》様」

小春は慌てて取り繕う。

水明院《すいめいいん》柳子は、由緒《ゆいしょ》正しき水明院伯爵《はくしゃく》家のひとり娘だ。

家柄だけでなく成績も優れた才女で、性格はしっかり者で面倒見がよく、小春のことも気にかけてくれている。

加えて女性にしては背が高く、体つきは豊満だ。ぽってりした厚みのある唇や右目の泣き黒子《ぼくろ》など、歳のわりに艶のある大人びた容姿で、すべての女学生から一目置かれていた。

まさに非の打ち所のないご令嬢である。

(こういう方が、きっと高良さんにふさわしいお相手なのだろうな……私も憧れちゃ

うよ）

小春は事あるごとに、柳子に羨望《せんぼう》の眼差しを向けていた。

彼女は「寝不足はいけませんわ、お肌の大敵ですのよ」とコロコロと笑う。

「ですが、お変わりないならようございました。春子様たちがいらっしゃる前は、なんだか学校中が嫌な空気で……」

「嫌な空気、ですか」

小春はここで、情報を聞き出してみることにした。柳子とはこれまで当たり障りのない会話のみで、込み入った話をするのは初めてだ。

柳子も無意識に声を潜める。

「ここ最近はまだ平気ですけれど、ふとした折に私も鬱々《うつうつ》と致しますの。皆さん自然と避けて話題にはされませんけど、恐ろしいことばかり、この学校で立て続けに起きておりますし」

「それは……窓から飛び降りた方のことでしょうか？」

「ゆかり様のこと、春子様もご存じなのね」

小春は噂程度に、小耳に挟んだということにしておいた。

件《くだん》の御堂《みどう》ゆかりがいたのはこの教室で、しかもちょうど今の小春の席が、ゆかりの席だった。

柳子と同等な伯爵家の出で、三女の末っ子気質である故にワガママな面もあるが、甘え上手な明るい少女であったという。それがどんどん雰囲気が暗くなっていき、仕舞いには一言も口を利かなくなり、果ては……と。

「ゆかり様とは家同士のお付き合いもあって、それなりに親しくしていましたの。一度だけお見舞いにも伺いましたわ。私のように婚約も良縁に恵まれて、憂い事などなさそうでしたのに」

白魚の如き手を頬に当てる柳子は、儚《はかな》げな美を湛えている。

ゆかりもらしいが、柳子はつい先日、代議士の息子との婚約が決まったところだ。人柄もできた相手だそうで、まさに良縁だろう。

「ゆかり様の事件の後から、連鎖するようにおかしなことが……」

「例えば、どんなことでしょうか？」

「私が知る限りですと、級友同士が急に罵《ののし》り合いの喧嘩を始められたとか、授業中に何人か倒れられたとか。理由さえわからず、学校にぱたりと来なくなった方もいらっしゃいますわ」

「……ただ事ではありませんわね」

それらはすべて、小春も高良から聞いていた出来事だ。

（その子達は、本当に赤い鈴を持っていなかったのかな……？）

実は調査を開始してから、校内で赤い鈴の目撃証言がひとつもないのだ。

『御守りの鈴』についても誰も知らず、確かにゆかりは飛び降りた時に握っていたはずなのに、彼女が所持しているところを見た者もいない。

（絶対に、瘴気の元になる鬼物は赤い鈴で、それを女生徒たちに渡している人がいるはずなのに）

そして上手い理由をつけて、鈴を必ず身に付けさせているはずだ。

黙って考え込む小春に、柳子は怯えさせてしまったと感じたのだろう。

申し訳なさそうな顔で、「私ったら要らぬことばかり……こんなこと、春子様にお話しすべきではありませんでしたわね」と頭を垂れた。

「そんな、謝らないでくださいまし！　私は教えて頂けてよかったですわ」

「春子様がそうおっしゃるなら……」

「あと柳子様、その……ゆかり様に憂い事はなさそうだったとおっしゃいましたが、そうでなくとも交流する中で、印象的であったことなどはございませんか？　些細なことでも、なんでもよろしいのです」

小春は少し、切り口を変えて調べてみることにした。

今のところ唯一、鈴の存在が手元に確認されているゆかりを紐解くことが、やはり事件解決の近道だと思ったのだ。

「まあ、ずいぶんと真剣にお聞きになるのね。まるで探偵のようですわ」

「た、ただの好奇心ですわ」

少し柳子には訝しまれたが、彼女はすぐに「そうですわね……」と己の記憶を探ってくれる。

「ゆかり様が飛び降りる一週間ほど前から、同じリボンばかり身に付けるようになっていましたわ」

「……リボンですか？」

「彼女はとてもお洒落《しゃれ》さんでしたから、普段なら袴以外はいつも日替わりで。小物だって毎日、違う夢二《ゆめじ》のものでしたのに」

竹久《たけひさ》夢二は、この時代を代表する画家だ。独特な美しさのある女性の絵を数々描いた他、少女雑誌の表紙や挿絵なども手掛けており、特に若い子女たちからは熱烈に支持されている。

夢二デザインの商品を売る港屋《みなとや》という店も、今は閉店してしまったが大繁盛だった。

「そんなゆかり様が、毎日同じリボン……どんなものだったのでしょうか？」

「格子縞《こうしじま》の入った、藍色のものだったと思いますわ。裁縫《さいほう》の不得手なゆかり様が、珍しく御自分で布から縫って仕立てたものだと……っ！」

そこまで柳子が話してくれたところで、教室の扉がガラリと開いた。

担任である男性教師の竹下《たけした》が入って来たのかと思えば、教壇に立ったのは、小春の見知らぬ女性教師であった。

柳子は小声で「まあ、大変！　井手坂《いでさか》先生ですわ！」と零す。

「さあ皆さん、早くお席について。淑女たるもの、いつまでもお喋りに夢中になるのはお止めなさい。はしたなくてよ」

井手坂と呼ばれた教師は、棘《とげ》のある口調で生徒たちを窘める。

柳子も含め、教室で好きに雑談を楽しんでいた者たちは、蜘蛛《くも》の子を散らすように自席へと戻った。

（生徒たちに恐れられている方、なのかな）

井手坂は暗色の着物を纏い、髪は髷《まげ》を高く上げた二百三高地髷にして、紫の玉簪を挿している。縮緬のそれは手製のようで、なにかしらの花模様も入っていた。顔立ちは狐のように尖った顎と細い目で、如何にも厳しそうな印象だ。

観察する小春の耳に、後ろの席の子達のヒソヒソ声が届く。

「どうして『オキツネ先生』が？　竹下先生はどうされたのかしら。一年生の担任でしたわよね、彼女」

「嫌だわ……家庭科の授業で昔、ちょっとふざけただけで、あの方に廊下へ立たされたことがありますの。酷い恥をかかされましたわ！」

「私もでしてよ！　彼女、冗談が通じませんもの。だから三十過ぎても、縁談のひとつも来ませんのよ」

「あら！　私はキツい性格のせいで、お相手から破談にされたと聞きましてよ」

「井手坂先生がご結婚されたら、狐の嫁入りになって雨が降りますわ」

「まあまあ、言い回しがお上手だこと」

ほほほ……と、少女たちは無邪気に笑い合う。

お嬢様だろうと関係なく、口さがない者はどこにでもいるようだ。

井手坂が生徒たちから狐のようだと揶揄《やゆ》され、苦手意識を多く持たれていることはわかったが、露骨《ろこつ》な陰口には小春もちょっぴり顔を顰めてしまう。

（普段は一年生の担任で、家庭科の先生ってことは……私は単にお会いできていなかったんだな）

家庭科の先生はふたりいて、上級生と下級生で担当を分けているようだ。もうひとりの上級生を担当する、おっとりした女性教師としか、小春は対面していなかった。

井手坂は、竹下は家庭の所用で休まれたことと、簡単な連絡事項を伝えると、足早に教室から出て行く。

（ん？）

井手坂の去り際、小春はなにか違和感を抱く。

けれど、違和感の正体がわからないまま、教室の扉はピシャリと強く閉まったのだった。


「……それで、小春さんは収穫《しゅうかく》あった？」

時刻は昼休み。

小春はお弁当を持って、使われていない空き教室で操と落ち合っていた。この教室へ続く廊下は立ち入り禁止となっていて、生徒は決して訪れない。初日に操が密会用にと、わざわざ見つけてきた場所だ。

窓際の机で向かい合って弁当を食べながら、連日ここで互いが得た情報の交換会を行っている。

「操さんには申し訳ないのですが、大きな収穫は……ですが少し、気になることはありました」

呼び方も『春子』と『美佐子』から元に戻す。

操の質問に、小春は柳子から聞いた、ゆかりが毎日つけていたリボンのことを説明した。

「なるほど。それは、ちょっと引っ掛かる」

「ですよね。単純にご自分で仕立てたリボンだから、気に入ってそればかりつけていただけともとれますが……」

小春は思案気に眉根を寄せながらも、綺麗に巻いた玉子焼きを箸《はし》で挟んだ。お弁当は毎日、樋上邸に帰ってから小春が自作しており、本日も玉子焼きの他、菜飯に野菜の煮物、蒲鉾《かまぼこ》に黒豆と、彩り豊かだ。

対して食事を基本面倒くさがる操は、いつも握り飯ふたつだけ。小春は彼女の栄養を慮《おもんぱか》り、度々弁当のおかずを分けていた。

玉子焼きを「食べますか？」と問えば、すぐに頷かれる。

「小春さんの料理、美味しい。若様は幸せ者」

「た、高良さんも有難いことに、喜んで食べてはくださいますが……」

「黒豆も欲しい。ください」

「どうぞ、どんどん食べてください」

礼を言って口を開ける操に、小春は箸を運んでせっせと食べさせてあげる。意外にも操は、懐いた相手にはベッタリ甘えるようだった。

本物の妹みたいで、小春は日に日に甲斐甲斐しくなる。

(高良さんも今頃、美味しく食べてくれているかな)

高良の分の弁当も、小春は合わせて作っている。中身が同じだと露呈すれば厄介だが、そもそも公に晒される機会もない。

先生役もなかなか大変らしい高良は「今回の任務で、俺の楽しみは小春の弁当だけだ」とぼやいていた。

（瘴気には常時囲まれているけど、私は普通に女学校での生活……けっこう楽しんでしまっていて申し訳ないな）

やはり授業を受けることは面白く、学友との交流は楽しい。

小春にとっては本当に貴重な経験だ。だがそこに甘んじて、これ以上この学校で被害を拡大するわけにはいかなかった。

操はモグモグと小動物のように、黒豆を無心に咀嚼《そしゃく》してから話を戻す。

「今、閃《ひらめ》いた。小春さんのリボン、外してみて」

「え？　は、はい」

操は変わらぬふたつ結びの下げ髪のため、リボンはつけていない。小春も今日は下げ髪だが、後ろに幅広の白いリボンを結んでいるため、それを言われるがまま外して操に渡した。

操はリボンを手に、ふむと頷く。

「リボンの造り、見て。一枚の布を半分に折って袋縫いしているから、中は空洞。赤い鈴、リボンの中に隠すこと、できる」

「リ、リボンの中に、ですか？」

確かに理屈上、小さな鈴を入れることはできる。音が鳴らぬよう、鈴の内部に紙でも詰めてしまえば、うるさく鳴ることもないだろう。

しかし問題は、なぜわざわざ隠すのかということだが……。

「例えばだけど、渡した犯人がこう言う。『御守りの鈴は誰にも見られない、知られないようにしないと、効果がない』って。でも絶対身に着けなくちゃいけないから、もらった女生徒たちは、工夫して隠す」

「それなら……ゆかりさんの行動や、赤い鈴の目撃証言がないことにも、辻褄《つじつま》は合います。けれどなぜ、犯人はそんなこと……あっ！」

「小春さんも気付いた？」

浅草を中心に、帝都の広い範囲で鈴を散蒔いていたリュウキチの件とは違い、ここは学校。極々、限られた狭い範囲の場所だ。

赤い鈴を持つ者が次々、守られるどころか悲惨《ひさん》な目に遭ったとなれば、噂はあっという間に広まる。『御守りの鈴』どころか『不幸を呼ぶ鈴』だと。そうなれば、誰も鈴など欲しがらない。

だから犯人は鈴の噂が広まらないよう、女生徒たち自身に隠させたのだ。

「御堂ゆかりが飛び降りた時、鈴を手に握っていたのは……リボンから取り出したか、ほつれでもして落ちたか、そのあたりだと思う」

「……そう、ですね。では他の女生徒たちも、鈴をどこかに隠して持ち歩いていたのかもしれないですね」

「たぶん」

パクッと、合間に操は己の握り飯を齧る。

その隙に小春は、器用に自分でリボンを結び直しつつ、チラリと窓の外を見た。

空には重苦しい暗雲が立ち込めている。この学校に潜入してからどうにも天気の悪い日が続いており、午後から一雨来そうだ。

「あと……私が今日調べてわかったことも、ある」

「あ、はい！」

操に話を続けられ、小春は窓から視線を戻す。

「御堂ゆかりは上級生だけど、その後でおかしな行動した子達、下級生が多い。いきなり喧嘩を始めたとか、教室で倒れた子、みんな私より年下」

「下級生、ですか」

操の頬についた米粒を取ってあげながら、小春の中でなにか曙光《しょこう》が射しかける。だけどあと一歩、思考がいまひとつ及ばない。

（なんだろう、いろいろ繋がりそうだったのに……）

モヤモヤしながら、甘めに煮た人参《にんじん》を口に放り込んだところだった。扉の方から「ああ、やっぱりここにいたのか」と、小春の大好きな声が聞こえた。

「たからさっ……や、大和先生！」

「高良でいい、今は」

小春は咄嗟に言い直すも、高良に優しく訂正される。固めた髪を手で崩しながら、高良は小春たちの席まで来た。

「高良さんはどうしてこちらに？」

「少し火急に伝えたいことがあってな。だがまず、そちらの成果はどうだ？」

「え、ええっとですね」

食事を摂りながら操と話したことを、小春はなるべく簡潔に報告した。高良は顎に長い指を添え、真剣な眼差しで聞いている。

「……なかなか情報が出揃ってきたな。お疲れ様、小春」

労《ねぎら》いを込めてか、高良が小春の頭をよしよしと撫でる。今ばかりは先生に撫でられている気がして、小春はなんだか落ち着かなかった。

操が齧りかけの握り飯を片手に、真顔でこちらを見つめていることも居たたまれない。

「そ、それであの、高良さんの御用はっ？」

「それがな……真白が先ほど、父からの言伝《ことづて》を預かって学校まで来たんだ。俺にすぐ、会社の方に来るようにとな」

「樋上商会の方？　なにかあったんですか……？」

「取引先といざこざが起き、上の者が出ないといけない事態のようだ。しかし父は別件に掛かり切りで、手をこまねいている。そこで俺に対処しろと、真白を通して父から命令が下ったわけだな」

チッと舌打ちをせんばかりの高良は、父親とは基本的に仲がよろしくない。

小春との結婚をしつこく反対されていることもあって、現状は険悪と言ってもいいくらいだ。

それでも、会社での仕事は仕事。高良は午後は早退し、明日まで丸一日そちらの案件に拘束されるそうだ。

もちろん、その間『大和先生』にはなれない。

「だから止むを得ず……心底気は進まないが、明日は俺の代わりに佐之助が動く」

「佐之助さんが？　でも……」

「確かに顔が割れているアイツでは、教師役などは難しいだろう。けれど一日程度なら、出入りの業者のフリでもして潜り込める。俺が抜けている間に万が一のことがあれば、小春と操だけでは危ないからな」

操は唇を尖らせて「佐之助、別にいらないのに」と不服そうだが、小春としてはいてくれたら頼もしい。高良が傍にいない状況は、今からもう心細かった。

当の高良は本気で嫌そうで、小春に佐之助とふたりきりにはならないようにと注意して来る。たった一日同じ学校内にいるだけで、そうそうふたりきりになることもないだろうに、佐之助への警戒心が強い。

「けど佐之助、目立つから以外にも女学校は……妹さんのことがある。事情的に避けたいはず」

「え……どういう意味ですか、操さん？」

ほんのわずかに眉を下げた操の、貴重な表情の変化に、小春はきょとんとする。

（佐之助さんの妹？　事情？）

操は「なんでもない、忘れて」と、失言だったのか多くは語らなかった。一方で高良は、ポケットから出した懐中時計を確認する。

「もうそろそろ、学校を出ないといけないな。俺の嫁の安全は頼んだぞ、操。佐之助からも必ず守ってくれ」

「任された。代わりに有文さんと今度、私が出掛けられるように協力して」

「いいだろう」

操と高良の間に、謎の取引が成立している。

操が深く頷いたのを確認すると、高良は小春の丸い頭頂に、今度は手を置くのではなく軽い口付けを落とした。場所を考えてか、ほんの一瞬の触れ合いだ。

「わっ！」

「行ってくる、早く片付けて戻るから」

そう呟いて、名残《なごり》惜し気に背を向ける。

「あ……あの、高良さん！」

小春は両手で頭頂を押さえ、不意打ちを食らって赤面していたが、一拍遅れて我に返った。慌てて席から立って、高良の右手を掴む。

「お仕事、頑張ってきてください。私も任務、頑張ります！」

握った手を引いて爪先立ちになり、お返しに彼の頬に口付ける。

こちらも掠める程度で、パッと離れた。

それでも小春からすれば、かなり大胆な行動だ。

（多忙な高良さんが帰ってくる前に、私たちの方で事件を解決するくらいの気概でいなくちゃ！）

息巻く小春を前に、高良は「はあ……ここが学校でなかったら……」と、なにやら額に手を当てて苦悩している。

（学校でなかったら、なんだろう？）

白いリボンを揺らして、小春は首を傾げた。

操も「若様、振り回されている。小春は魔性」と感想を述べたが、高良が去ってからも、小春には意味がよく理解できなかった。

気付けば昼休みも残り少なく、急いで小春たちは食事を終えて、各々の教室へと戻っていった。

※

——翌日。

『大和先生』がお休みで、時折女学生たちの残念がる声が上がりながらも、朝から何事もなく時間は流れた。校内に瘴気は相変わらず充満していても、表向きは平和なものだ。

あっという間に、本日最後の授業。

家庭科で縫い物をするため、小春たちは裁縫室へと移動した。

「では皆さん、各々お好きに始めてください」

にこやかに教壇で手を叩いたのは、もうひとりの家庭科教師である円野《つぶらの》だ。

井手坂とは違うふっくらとした体型の柔和《にゅうわ》な女性で、陽だまりのように生徒たちを見守っている。

前回の授業に引き続き、手帛に好きな花を刺繍《ししゅう》する……という課題で、なかなか裁縫の技量で明暗が分かれるところだ。小さな花を隅っこに縫うだけとはいえ、生徒たちは悪戦苦闘している。

そんな中、淀《よど》みなく針を通していく小春に、わっと周囲が盛り上がる。

「すごいですわ、春子様！　とってもお上手！」

「お裁縫が得意だなんて、羨ましいわ」

「こちらは水仙《すいせん》かしら？　細かなところまでお見事ですわね」

形がほぼ出来上がってきた、黄色い水仙を指先でなぞりつつ、小春は「針仕事は嫌いではなくて」と曖昧に微笑む。

もちろん小春のやっていた針仕事とは、お嬢様たちの嗜《たしな》みではなくもっと実用的なものだ。

水仙を選んだのは、完成したら高良に送るつもりだからである。

（自分用だったら、牡丹《ぼたん》や撫子でもよかったんだけど……）

冷たい雪の中でも凛と咲く水仙は、『仙』の字が吉祥《きっしょう》を意味することにもちなんで、着物の柄などにおいても縁起のいい花だとされている。立身出世も促すそうで、小春は高良によく合うと思った。

（高良さん、喜んでくれるといいな）

小さくはにかんでまた針を動かしていると、教室中を見回り出した円野にも「まあ、教師も顔負けですわねぇ」と褒められた。

彼女はあちこちで褒め言葉を惜しまず、指導が一貫して厳しいらしい井手坂とは対象的だ。

「ああ、円野先生ですと気が楽で助かりますわ！　井手坂先生ではこうはいきませんもの」

「もうあの方の授業は私、二度と受けたくありませんわ」

円野の巡回が終わった途端、小春の後ろの席でお喋りを始めたのは、昨日も井手坂の陰口を叩いていたふたりだ。

よほど井手坂に不満があるのだろう、昨日よりも加熱している。

「ご存じ？　井手坂先生って、観劇がご趣味なのですよ。しかも恋愛物語！　意外だと思いませんこと？」

「そのお噂は有名ですわ。浅草で先生を見かけた子が他にもいますもの」

「こう言っては失礼ですけれど……あの先生が恋愛物語って、結婚に夢でも見ていらっしゃるのかしら？」

「ご自分が破談になりましたものねぇ」

趣味を馬鹿にしたり、繊細な過去のことを揶揄したり、さすがに小春は気分が悪くなってくる。

（彼女たちの鬱憤《うっぷん》晴らしなのだろうけれど……）

周りはあまり気にも留めず、右から左へ流している。

ひたすら小春が悶々としていたら、片割れの女生徒が「そうそう！　その破談の件で、うちの者から興味深い話を聞きましたの！」と興奮気味な声を上げた。内容が内容なのか、次いでぐっと声量を落とす。

それでも真後ろなため、小春にはしっかり拾えてしまう。

「実はね……」

（……え？）

小春はその話に、大きく目を見開いた。思わず手が滑って、針を指に突き刺しそうになる。

（い、今の話が本当なら、今回の事件って……）

思考を深めていこうとした時だ。

膝に置いた手帛の黄水仙に、ぬっと人影が差した。ビックリして顔を上げれば、本日も大人びた佇まいの柳子が、己の手帛と裁縫箱を手に立っていた。

「縫い物の途中で失礼致しますわ、春子様」

「りゅ……柳子様、どうされました？」

「春子様が素晴らしい腕前だと、皆さんが騒いでいらしたから。よければ上手なやり方を教えて頂きたくて」

離れた席に座る柳子は、わざわざそのために小春の席へと赴《おもむ》いたらしい。授業中の立ち歩きも円野は寛容《かんよう》なため、皆ちょこちょこ好きに移動している。

小春はいったん、先ほどまでの思考は頭の隅に追いやった。

「もちろん、よろしいですわよ。柳子様はどのようなお花を？」

「葵《あおい》の花を。半分以上はできたのですけれど……」

いそいそと、柳子は手帛を広げてみせる。

才色兼備な柳子のことだ。

コツを教えるよう頼まれても、きっと助言など端からいらないほど、素晴らしい出来栄えだろうと小春は予想していたのだが……。

「……え、ええっと」

「率直なご感想をおっしゃってもよろしいのよ？」

「で、では、あの……残念ながらこちらは、葵の花には……」

小春が思わず素になるほど、柳子の刺繍はもっと率直に申し上げるなら下手くそだった。糸がぐちゃぐちゃな線を描いているだけで、葵の花どころか、そもそも花かどうかも判別し難い。

（柳子様にこんな弱点があっただなんて！）

完璧な淑女にも、苦手なことはあるということか。遠くに感じていた柳子に、一気に親近感が湧く。

（生まれや育ちは違っても、同じ人間だもんね。わざわざお嬢様な皆と、私は自分を比べ過ぎなくてもいいのかな……？）

そんなことを小春が思っていると、柳子は恥じらって睫毛を伏せた。

「ゆかり様は裁縫が不得手だと申し上げましたが、本当は私もなのです。人のことなど言えないほど、刺繍は特に」

それでも柳子も小春のように、完成したら婚約者に贈りたいのだという。葵は婚約者が好きな花なのだと、頬を染めて語る柳子は、存外にも年相応のいとけない表情をしていた。

けれどこのままでは、家庭科の成績に悪く響くことは当然、贈り物としては柳子も渡し辛いだろう。

（せ、せっかく頼って頂けたのだから、私がなんとかしないと！）

手帛を広げて真剣に改善案を練る小春に、柳子は「やはり、ここからの手直しは難しいですわよね」と苦笑する。

「また一から縫い直すことに致しますわ」

「で、ですけれど、それでは授業中に完成できませんわ。今日の授業の終わりには提出しなくては……」

「どうしても終わらなかった生徒は、放課後に円野先生と居残りだそうですの。情けないことですけれど、そちらの方がよりよいものをきっと作れますわ。お慕いする方にも、ご満足頂きたいですし……いくらでも残りますわ」

小春から手帛を返してもらいながら、柳子はゆったりと微笑む。

不得手なことでも、婚約者に喜んでもらうために頑張ろうとする柳子を、小春はとても応援したくなった。

「や、やり方でしたら今、私がわかることならすべてお教えしますわ！　それに居残りは情けなくなどありません！　私も音楽の授業では、なぜかひとりだけ残されましたもの！」

小春は自覚のない音痴なため、唄の授業の時は音楽教師を大変参らせた。音楽室の前をたまたま通った高良が、密かに笑いを堪《こら》えていたことは、小春のあずかり知らぬことだ。

柳子は「まあ、春子さまったら！」とおかしそうにする。

「ではコツの方、伝授お願い致しますわ」

「はい！」

授業いっぱいまで、小春は真剣に柳子の支援に勤しんだ。居残りになったのは結局、柳子だけのようだが、だいぶコツは掴んだようだ。

隙を見て小春は己の分も仕上げ、円野に提出したところ、すぐに花丸合格をもらって返却された。

（柳子様も放課後、無事に完成されるといいけれど……）

今は裁縫室を出て、教室へと戻るために廊下を歩いているところだ。少しひとりで考え事がしたかったため、同級の子達とは別の道に逸《そ》れた。

小春も小春で放課後は、操と会ってすぐ、先ほど得たばかりの情報を共有しなくてはいけない。

（あと佐之助さんって、学校内にいたのかな？　一度も会えなかったな）

彼のことを思い、小春が音楽室の前に差し掛かった時だった。

「小春さん、ちょっと」

「……佐之助さん？」

お隣の準備室から出てきた手に、おいでおいでと手招きされた。聞き間違えない美声は佐之助のもので、無視もできずそろそろと近付けば、準備室内にあれよあれよと引き入れられた。

「あ、あの、佐之助さん……！」

「強引でごめんね。ちょうど出ようとしたら小春さんがいたから、少しふたりで話したくて」

佐之助の先手必勝で、先に謝られてしまえば小春は抵抗し辛い。

（ど、どうしよう。佐之助さんとふたりきりはダメだって、高良さんに言いつけられているのに……！）

小春は体をそわつかせる。

改めて見れば、佐之助は紺の法被《はっぴ》に腹掛《はらがけ》、下は股引《ももひき》と、大工のような恰好をしていた。それがまた、赤茶の髪色とも絶妙に似合っている。

どうやら彼の場合は、校舎の点検に来たという名目で、学校内に潜り込んでいたようだ。

「そうしたらさ、この準備室の床が一部腐って抜けそうかも……って、教頭に確認を頼まれたんだ。僕が見てもわからないのにね。でも一応、それらしいところに板を打ち付けていたんだよ」

埃《ほこり》っぽくて薄暗い室内。古い教材や備品などが無造作に放置されている場所で、佐之助の足元付近には、新しい板がきちんと敷かれていた。本物の大工や業者ではないはずだが、それなりに直せている。

「小春さんは教室に戻るところ？」

「あ……そのことなんですが、操さんに共有したい情報があって……」

「なにかな、犯人のことなら僕にも教えてよ」

「は、はい！」

高良からの言いつけもあるが、仲間である佐之助に共有も大切だ。教室に戻っても皆そろって終礼などはせず、各々が帰り支度を済ませて帰るだけなため、小春は今ここで時間を使い、佐之助にも情報を伝えた。

佐之助は「なるほどね」と腕を組む。

「そういうことならもう、犯人は決まったようなものだね」

「私もそう思います……」

「これから行って犯人を問い詰めようか。高良がいない間に、僕と小春さんで解決してしまうのも悪くないよね。僕もこの学校には長居したくないし」

それは潜入捜査が単純に煩わしいためか。いや、小春はそれ以上の理由を、佐之助から感じ取った。

（操さんは……佐之助さんには妹さんがいらっしゃって、なにか事情がおありだって風に零していたな）

不用意に首を突っ込むのはよくないが、なんとなく気になって口をまごつかせる小春に、佐之助の方が察したらしい。

「なにか僕の過去のこととか、操から聞いた？」

「えっ？　ええっと、別に……！」

「操には前に口が滑って話したからな。大方、妹のことだろう」

小春は操のことを濁そうとしたのに、佐之助にはあっさり見抜かれた。話したくなければ無理をしないで欲しいと小春は思うも、佐之助の方が小春には聞いて欲しいと言う。

「実はここね……行方不明になった僕の妹が、通っていた学校なんだ」

「ゆ、行方不明？」

ストンと床に座り込んだ佐之助の横に、小春も促されて戸惑いつつも、海老茶袴を捌《さば》いてしゃがむ。

佐之助の五つ下の妹・松屋笹音《ささね》は、三年前に消息を絶った。

事件の起きたその日、佐之助と笹音、それから兄妹の父親は、共に夜の浅草見物に繰り出していた。

笹音の学校での試験結果がよかったご褒美に、敷居の高い鰻屋で夕飯を摂っていたのだ。

満腹になった上で街歩きや活動写真を楽しみ、何事もなく帰るはずだった。しかし、好奇心旺盛な笹音は、吾妻橋を渡った向こう、向島の花街の灯りに吸い寄せられ、ふらりと父や兄の傍から離れた。

　血相を変えて佐之助たちが探すも、笹音はどこにもおらず……。

　最後にその姿を目撃した芸者によれば、身形のいい紳士らしき男に、手を引かれて連れて行かれたというのだ。

「笹音が生きていれば十六歳……小春さんと同い年かな。警察にも届出をして捜査したけど、なんの手掛かりも得られなかった。妹は帰って来ないままだ」

　ぎゅうっと、佐之助は拳を強く握り締める。

　小春は心を痛めながらも、どこかで聞き覚えのある話だと引っ掛かりを抱いていた。

（どこでだったっけ……）

　うんうん唸って思い出そうとしている間にも、佐之助はポツポツと語る。

「実家の方でも、両親も従兄も皆、笹音の無事な帰還を待っている。僕の実家は、江戸の世から続く老舗の呉服店なんだけどね？　行方不明の間も笹音用の服、仕立てているんだ」

　そういえばサスケこと佐之助には、実家が金持ちだという噂もあった。

　そもそも笹音がこの女学校に通っている時点で、華族の出か、裕福な家の出だ。佐之助は高良にも負けず劣らずの御曹司であったようだ。

（でもそんな佐之助さんが、なぜ活動弁士と祓い屋を……）

活動弁士は花形職とはいえ、上級階級の者が選ぶような職ではない。祓い屋に関しては裏稼業だ。

小春のささやかな疑問に対し、佐之助はすぐに答えてくれる。

「僕は親族の中で唯一、祓い屋の才があってね。妹を探すために力を借りる代わりに、おひい様のところで働いている。活躍弁士の方は、笹音が一等好きだったんだよ、活動写真」

「笹音さんが……」

「妹が消えた浅草で、人が集まるところにいれば、少しでも手掛かりが見つかるかもしれないし……なにより兄である僕の喋りを聞きに、ひょっこり帰ってくる可能性もあるだろう？」

だから彼は以前、路地で捕まえたリュウキチに対し『僕にはやることがあるから、まだここにいるよ』と呟いていたのだ。

彼のやることとは、消えた妹を見つけること。そのために、実家の跡継ぎ問題なども従兄に譲ったという。

リュウキチの時と同じように、佐之助の瞳に酷薄な陰が差す。

「僕は笹音が帰ってくるなら、なんでもするよ。どんな犠牲を払ったって、妹を取り戻す」

彼の強過ぎるほどの覚悟が、隣にいる小春にも伝わってくる。

だけどその強さが、酷く危うくも感じて……まるで器の縁に水がギリギリ張りつめているような状態の彼に、小春はなんと言葉を掛けたものか迷った。

ポタリ……とそこで、赤い染みが一滴、木板に生まれる。

「佐之助さん、血が……！」

強く握り締めた佐之助の拳から、食い込んだ爪が皮膚を裂き、血を溢れさせていた。

血相を変えた小春は、慌てて手帛を差し出す。

「こ、こちら、使ってください！」

咄嗟のことだったため、出したのは着物の袂《たもと》に忍《しの》ばせておいた、黄水仙の刺繍のものだった。

佐之助が瞠目し、小春の記憶の蓋がゆっくり開いていく。

「私……前にもこんなふうに、手を怪我した男の子に手帛を差し出して……」

あっ、と小春はその瞬間に思い当たった。

（そうだ、佐之助さんの話って！　花街の料亭にいた頃、おはじきさん……高良さんと話したことがある事件だ！）

どこかの大会社の社長の娘が、かどわかしに遭ったという事件。

身代金の要求などもなく、すべてが謎めいていて、小春も娘の無事を祈ったものである。その娘が、まさかの佐之助の妹だったのだ。

そして小春の働いていた料亭に、今より若い佐之助は聞き込みに来ていた。

「やっと思い出してくれたんだね、小春さん」

「あ……」

佐之助が、小春の手帛を持つ手首をそっと取る。その顔は柔らかな慈愛を乗せ、口元は愛し気に弧を描いていた。

「僕はあの時、小春さんの優しさに救われた。妹のことで身も心も擦り減っていた僕に、君はただただ純粋に心を傾けて、手帛を差し出してくれたんだ。妹のことは当然として、君にもまた会いたいって願っていたんだよ」

するりと、佐之助は小春の手から手帛を抜いた。暗い中でも鮮やかに咲く黄水仙が、佐之助の手へと移る。

「これ、本当は高良に贈るはずだったものだろう？」

「は……はい」

「このまま、僕がもらってもいい？　君が昔くれた手帛は、大事にしていたのに従兄が誤って捨ててね。僕にとっての御守りだったのに」

小春は「え、えっと」と答えに窮する。ずっと覚えていてくれた佐之助に対し、たった今思い出したこともあって、小春は申し訳ない気持ちが先行していた。

じいっと見つめてくる佐之助に、根負けしておずおず頷けば、「やった！」と無邪気な笑顔を返される。

（ごめんなさい、高良さん……！）

しかも佐之助は、大事そうに手帛を懐に仕舞い込み、拳の怪我はためらいなく、ビリッと己の法被の袖を破って対処してしまった。小春はただ、佐之助に手帛を贈ったことになってしまう。

「あ、でも黄水仙って……」

「ん？　なに？」

無意識に口に出していた小春は、ふと浮かんだ知識を、しどろもどろになりながらも話す。「さ、佐之助さんは、『花言葉』ってご存じですか？」と。

「いいや、初耳だね」

「異国では花ごとに、意味や想いを込めた言葉があるそうなんです」

それは明治の初め頃に、日本にも流れて来た習慣だ。たまたま小春が読んでいた本には、着物の柄の意味合い以外にも、黄水仙の花言葉が記されていた。

「黄水仙には『私のもとへ帰ってきて』って意味があって……笹音さんが無事、佐之助さんのもとへ帰れるようにということなら、その、佐之助さんにも黄水仙は合っていたのかもと、ふと……」

おひい様から父と母のことを聞いて、いくら『会いたい』と願っても、小春はもう家族には会えない。

そんな小春だからこそ、妹の帰還を願う佐之助を慮ってしまう。それこそ、昔の出会いの時のように……。

(高良さんにはちゃんと、私から事情をお話しして謝ろう)

彼にはまた別で、刺繍入りの手帛を作り直す決意もする。

ただどう切り出したものかと頭を悩ませる小春に、しばし固まっていた佐之助はどこか切なげに呟いた。

「ありがとう……本当に、ごめんね」

それがなにに対しての謝罪なのか、小春にはそもそも聞こえていなかった。

「佐之助さん、なにか言いました？」

「手帛の礼を言っただけだよ。さすがにそろそろ、ここを出ないとね」

よいしょと、佐之助は法被を払って立ち上がる。

笑顔で「小春さん、お手を」と、怪我のない手を向けてくる彼には、もう暗い陰は窺えなかった。

「じ、自分で立てます！」

「いいから、ほら」

小春が辞退しても、構わず佐之助は小春を優しく引っ張り上げた。

佐之助の持つ、己への想いの原点を聞いてしまったためか、小春は多少なりとも前より意識してしまい、ギクシャクと袴の皺を直す。

「それで、どうする？　犯人に突撃する？」

しれっと、佐之助は話題を現状に戻した。思うことはまだあれど、今は学校での問題が優先だ。

小春もどうにか、現状を頭で整理する。

「高良さんもいませんし……まずは操さんと会って決めようかなと」

「そうだね。僕も手間だけど、教頭に修理箇所の報告をしないといけないし。形だけでもやっておかないと、後々騒がれても困るから」

「潜入中ですもんね……」

「もし突撃するなら、僕が行くまで待ってから、慎重にね？　特に操は、直情的なところがあるから気を付けて」

「わ、わかりました」

行動方針は決まった。佐之助と小春が、一緒にここから出るところを見られても面倒なため、小春が先に出てから、間を空けて佐之助も出ることになった。

そうっと扉を開ける小春に、佐之助は美声を使って耳に吹き込んでくる。

「やっと再会して、君も僕のことを思い出してくれたんだ……僕は諦めないよ。高良から小春さんのこと、奪うつもりだから」

「っ！　わ、私は、高良さん一筋なので！」

それだけ叫んで、小春は準備室を出て足早に自分の教室へと向かった。頬の熱を無理やり冷まして、教室に飛び込む。案の定すでに誰もおらず、風呂敷に荷物をサッと包んだら、操のもとを目指す。

いつも共に下校するため、操とは昇降口で待ち合わせをしている。遅くなってしまったため、彼女は待ちぼうけを食らい中だろう。

（まずは操さんに説明を……あれ？）

二階の階段を下りる手前、職員室の前を通った小春は、足に急停止を掛けた。廊下側の窓が全開で、職員室内の様子が丸見えだ。

窓に近い席で、のほほんと腰を据えて、羊羹をお供にお茶を飲んでいたのは円野だった。明らかに休憩中である。

（あ、あれ？　円野先生は今頃、柳子様と一対一の居残りのはずじゃ……）

嫌な予感がして、小春は窓越しに話しかけた。

「つ、円野先生！　あの、今って裁縫室にいらっしゃるのでは……？」

円野は「あ、あら？　春子さんっ？」と、驚愕して湯呑みからお茶を零しかけるも、おっとりした口調で応対する。

「柳子さんの居残りの件かしら？　それなら井手坂先生が、私の代わりに監督を進んで代わってくださって……今、裁縫室にいらっしゃるのは井手坂先生の方よ」

「っ！」

（まずい……！）

それまでも急ぎ足ではあったが、小春はもうなりふり構わず走り出した。

髪に結んだリボンがヒラヒラと靡く。

後ろから円野が「廊下を走るのはいけませんよー！」と注意を飛ばしてくるが、弁明する余裕もない。

一刻も早く、行動しなければ。

柳子が危ない。

（犯人は井手坂先生で……次の赤い鈴を渡す標的は、柳子さんだ！）

小春と操は昇降口で合流し、すぐさま裁縫室へ走った。必死に足を前にやりながらも、小春はあらかたの情報を操に伝える。

それに相槌を打つ操も、井手坂のことはすでに睨んでいたようだ。

「午後に新しい情報も集めて、ほぼ確信した。おかしな行動した下級生達、皆あの先生から、『手縫いのもの』を贈られていた。巾着とか、持ち歩ける大きさのぬいぐるみとか」

「もしかして、その中に……」

「確実に赤い鈴、入っている」

最初のゆかりの時とはやり方が少し違うが、家庭科教師である彼女にはお手の物だっただろう。鈴をそのまま渡して相手に隠させるのではなく、最初から鈴を隠した状態で贈り物をして、身に付けさせていたのだ。

下級生たちを中心に水面下で広まっていたのも、彼女が主に下級生を担当しているからだ。

それと……もうひとつの共通点として、贈り物をされた下級生の子達は、ここ最近で婚約者ができた子や、縁談がまとまったという噂が流れていた子たちだった。

「それも、小春の得た情報に基づけば納得」

「はい……っ！」

全力疾走が続いていて、小春は荒い息を吐きつつ口を開く。

「一度だけ、私の教室に井手坂先生がいらした時……違和感があったんです。あれは彼女が発する瘴気を、私が感じ取っていたんだと思います」

ただ学校中に蔓延《まんえん》する瘴気に紛れ、小春は気付くのが遅れてしまった。

感知能力に期待してもらっていたのに、役に立てず「すみません……」と謝るも、操は「私なんて、井手坂と何度か会っていても気付かなかった。違和感だけでもすごい」と絶妙な慰めをくれる。

「あ、裁縫室！　見えてきました！」

遠目から、室内にはふたり分の人影が確認できた。

小春は様子を見てから……と考えていたのだが、操は凄まじい脚力でぐんぐんと小春を引き離し、裁縫室に勢いのまま飛び込む。

（ああっ！　佐之助さんに『慎重に』って注意されていたのに！）

操は直情的という彼の評価は、正しいものだったらしい。

小春も腹を括って操の後に続く。

「な、なんですか、貴方たち！　許可も取らず入室するだなんて、失礼な……！」

「え……あ、美佐子様？　春子様も？」

落ちかけの陽が差す教室。

久方ぶりに少し晴れた日だったからか、夕陽は血を含んだように赤々と燃え、教室内を茜色に染めていた。

教壇の前で、井手坂は柳子になにか手渡しているところだった。動揺するふたりに構わず、操は柳子に近付いていく。

「それは？」

「えっ？　こ、こちらですか？　こちらは匂い袋で、御守りになると……」

「御守り？」

「え、ええ。井手坂先生が私の婚約お祝いにと、たった今くださって。ですが、あの、誰かに見せたり触らせたりしては、効力が……あっ！」

操は無言で、柳子の手から小さな匂い袋を取り上げた。

洋紅色の布袋は膨れていて、ちゃんと香原料となる粉末も詰められているのだろう。後ろにいる小春にも、鼻腔《びこう》を擽るよい香りはわかった。

それを操は躊躇《ためら》わず、布袋ごと両手でビリイッ！と引き裂く。

「えぇっ!?　み、操さん!?」

あまりにも大胆な行動に、小春もつい『美佐子』ではなく、操呼びをしてしまった。

柳子は「きゃあっ！」と口元に手を当て、井手坂は絶句している。

無惨にも破れた匂い袋。

そこから、香料の粉末がパラパラと床に落ちて、それに交ざって赤い鈴が転がった。床に跳ね返っても鳴らないことから、やはり音の出ない処理がされている。

ぶわりと、その鈴から黒い瘴気が立ち上るところを、小春は確《しか》と見た。

「す、鈴？　うっ……！」

「柳子様！」

その瘴気に当てられて、柳子が倒れ込む。

小春は駆け寄って抱き起こすも、どうやら気を失っているようだ。

「あ、貴方たちは何者なのっ!?」

井手坂が細い目をますます鋭くさせて、キンと響く金切り声を上げた。操は取り合わず、淡々と尋問する。

「……先生は御守りと偽って、姑息な手段を使って生徒に危ない鈴を渡していた。目的を言って。赤い鈴をどうやって入手したのかも」

「も、目的って……」

「黒い鈴も、どこかに先生自身が所持しているのでしょう」

バッと反射的に、井手坂は頭に手をやった。正確には、二百三高地髷に挿した、縮緬の玉簪に触れている。

（黒い鈴を、あの玉の中に入れていたんだ）

小春が息を呑んでいる間にも、操は井手坂を睨みで圧し、井手坂は黒板まで追い詰められている。

「あ、赤い鈴や黒い鈴は、渡された行李の中に入っていましたのよ！」

「また行李……リュウキチと一緒。先生も家に届けられた？」

「し、知りません！」

「正直に吐いて」

「ひっ！」

一回り以上も年下の操の眼力に、井手坂は完全に萎縮《いしゅく》している。操は人形のように整った顔をしている分、真正面から見据えられると、真綿で首を絞めてくるような迫力があった。

「い、家に届いたのではありません……浅草の劇場帰りに、背の高い殿方に渡されて……」

（背の高い殿方？）

今まで登場してこなかった人物像で、小春は訝しむ。蛙谷は背の低い小男なため、明らかに違う。

顔は帽子と、暑い中でもショールで隠しており見えなかったそうだが、蛙谷の仲間だろうか。

（まさかその人が、リュウキチさんにも行李を届けた……？）

井手坂は男に、「この行李の中にある鈴を使えば、憎い相手に復讐できる」といった旨で唆《そそのか》されたそうだ。

そんな怪しい誘いに乗るほど、井手坂の憎かった相手とは……。

「御堂ゆかり！　あの子が私の婚約者だった方を、家の権力を使って無理やり奪ったのよ！」

胸奥に渦巻いていた激情を、井手坂は夕暮れの教室にぶちまける。

井手坂には親同士の繋がりで婚約した、大学教授のお相手がいた。井手坂と歳は同じで、眉目秀麗《びもくしゅうれい》で性格は誠実、彼自身の職も実家の家柄も申し分ない。井手坂としては、自分には勿体ないほどの婚約者だった。

彼は井手坂のことを心から尊重し、「教師として頑張る君が好きなんだ」と笑ってくれていた。

けれども……どこかでその彼を見初《みそ》めたゆかりが、あの方をぜひ婿《むこ》にと、横から所望《しょもう》したのだ。

華族の家から縁談を申し込まれたら、簡単に断われるはずがない。いくら井手坂と婚約済みで、彼自身が井手坂と共にあることを望もうと、彼の家の方が当然のようにゆかりとの縁談を優先した。

そうして井手坂は最愛の相手を奪われ、破談にされたのだ。

今の話が、小春が裁縫室で耳にした通りの内容だ。

「御堂ゆかりは、私が彼のお相手なことも全部わかっていた！　わかった上で『先生にあの方は勿体なくてよ?』と、私を嘲笑《あざわら》ったの! 若くて、綺麗で、裕福で、なんでも持っているくせに……! どうして!」

だから井手坂は、裁縫が不得手なゆかりに特別授業としてリボンを縫わせた。

そして赤い鈴を、「やっぱりあの人にふさわしいのは御堂さんの方だわ。婚約おめでとう、これは私からのお祝いですわ」と、心にもないことを述べて、御守りと称して渡したのだ。

井手坂に勝ったと気分をよくしたゆかりは、御守りの話を鵜呑《うの》みにしてまんまと嵌められてしまった。

「馬鹿な子……これは私からの復讐なの!」

井手坂の纏う瘴気が、慟哭《どうこく》と共にどんどん濃くなっていく。その中心は縮緬の玉簪からだ。

よく見るとそこに描かれていた花は、鉄線花《てっせんか》だった。

優美に咲き誇る花とは裏腹に、蔓《つる》は鉄の針金のように堅く、巻き付けば容易には離れない。

(鉄線花の花言葉は……確か『束縛』、だったよね)

井手坂自身が、復讐心に縛り付けられていたとも取れる。

ゆかりへの復讐を果たした後も、井手坂は黒い鈴に精神を蝕《むしば》まれたまま、婚約や縁談が決まった女生徒たちを狙い続けた。妬ましさが根源なのだろうが、そこは井手坂もリュウキチと同様、そのあたりの記憶は薄れているようだ。

ぎゅっと、小春は腕の中の柳子を抱き締める。

（井手坂先生の境遇には正直、私は同情してしまう……でも、無関係な柳子様や他の生徒達まで巻き込んだことは、許せないよ）

ううん……と小さく唸った柳子は、婚約者だろう男の名を呟く。どんどん正常さを失いつつある井手坂も、破談にされた相手の名を何度も何度も繰り返している。

誰かを強く想う気持ちは変わりはないのにと、小春は胸が苦しくなった。

（一番悪いのは……井手坂先生の傷付いた心につけ込んで、こんなことをさせた犯人たちだ）

人々の心をこれ以上、無遠慮に弄《もてあそ》ばれないよう、早くなんとかしなくてはいけない。

――ギギギギッ！

「うあっ！」

そこで狂乱状態の井手坂が、黒板を後ろ手で引っ掻いた。嫌悪を覚えるほど酷い音に、小春と操は咄嗟に耳を塞ぐ。

「私、私はただ……！　あの方と幸せになりたかっただけなのに！」

操の注意が逸れた隙に、井手坂は袂から、手の平に載る大きさの桐箱を取り出した。麻紐で縛られたそれは、小春にも見覚えがあるものだ。

（ダメ！　あの箱は……！）

紐を解いて、蓋を開ければたくさんの鬼が出現してしまう。

止める間もなく、井手坂の指は紐を引こうとしていた。

ボウッ！

「な、なにっ？　ひ、火が……っ！」

しかし、その目論見は中断される。

紐がほどかれる寸前で、箱が橙の炎を帯びたのだ。急に燃え出した箱を、井手坂は恐々として取り落とす。

「この火って……」

「……安心しろ。鬼火は鬼や瘴気しか燃やさない。火傷《やけど》の心配はないはずだ」

「高良さん……！」

そこには大和先生仕様に変わった、まさかの高良が立っていた。彼の鬼火に助けられたようだ。

「ど、どうしてこちらに？　お仕事は……」

「小春たちの方が危ないと、どうにも胸騒ぎがしてな。手っ取り早い方法で片付けてきた」

　それは鬼の勘か。どんな方法を使ったのかは、小春には予想もつかないが、高良は心なしか悪い顔をしている。

「それに実のところ、井手坂女史のことは俺もずっと怪しんでいた。確信が持てず、様子見していたが……」

　高良はカツカツと、革靴の音を立てて井手坂に歩み寄る。踞《うずくま》ったままの井手坂の髪には、まだ黒い鈴が入った玉簪が、酷い瘴気を発していた。その上に、高良は手をかざして念じる。

　パキンッと、程なくして簪の中で、微かに鈴が割れただろう音がする。

　瘴気は一気に引いていき、校内の空気が浄化されたように軽くなった。

「え……あ、あら？　私は……なにを……」

　額を押さえる井手坂は、やっと正気に戻ったようだ。それでもまだ意識が朦朧《もうろう》としているらしく、己の置かれた状況がわからず呆然としている。

　小春は迷った末に、静かな声で「井手坂先生」と名を呼んだ。井手坂は緩慢《かんまん》な動作で、小春を見上げる。

「慕う殿方を無理やり奪われた先生の、辛さや憤りは……私にはきっと、理解しきれません。でもその殿方は、先生の『教師として頑張るところが好きだ』と、そうおっしゃったんですよね？」

「あ……」

「それなら、生徒に危害を加えようとしたことは悔いて……どうかまた、その方の好まれた先生のままで、やり直して欲しいです」

「あ、あ、あああ……」

止めどなく涙を流す井手坂。そこには己の行いに対して、強い後悔が見て取れた。しばらく、教室内には彼女がすすり泣く声だけが響いていたが、泣き疲れた子供ように、フッと柳子と同じく気絶した。

その体を紳士的に支えてやりながら、高良は嘆息する。

「これでようやく解決か。俺の出番は最後だけで、今回はほとんど小春と操の手柄だったたな」

「……ははっ、まったくもってその通りだね」

よく通る美声が、緩やかに空間を震わせる。

ずいぶんと遅く登場した大工姿の佐之助は、悠々と小春のところまで来た。

「小春さん、すみません。教頭に長々と捕まってしまって……どうにか切り上げて来てみたら、もう終わっていたなんて」

「あ、ああ、いえ！　佐之助さんは手も怪我されていますし……！」

「これは自業自得、小春さんのおかげでもう平気だから」

　小春は結局、手当てをしていないのだが、佐之助はにっこり笑った。そんな彼を、操は冷たく一瞥《いちべつ》する。

「佐之助、役立たず」

「相変わらず操は手厳しいけれど、言い訳はできないな。今回は僕も高良も、大して活躍していないのは事実だしね」

「お前と一緒にするな」

　不愉快そうな高良に構わず、佐之助は「男勢は必要なしだったかな」と、燃えた箱を拾い上げる。

「当たり前。ここは女学校」

　操はトコトコと、小春に近付く。

　柳子を佐之助に預けて、袴を整えながら立ち上がった小春は、操がいきなり上げた片手に目を瞬かせる。

「最初から、殿方はお呼びじゃない。ね、小春さん？」

「は、はい！」

　小春はやっと、操の意図を察した。

　同じように小春も腕を上げて、パンッとふたりは手を合わせる。軽快な音と共に、小春のリボンと、操のふたつ結びが同時に跳ねた。

「……小春に友人ができたようだな」

「女の子同士が仲良くしているところは、目の保養だね」

友情を深めた少女ふたりを、珍しく高良と佐之助はバチバチせず、一歩離れて見守っている。

教室の窓には、小春と操の姿が切り取られたように写っていた。

——こうして小春の女学校潜入は、早々に『卒業』を迎えたのだった。

四章　永久に共に

「……急ぎの書類はこんなところか」

ふう……と高良は一息つき、革張りの椅子に背を委ねる。

ここは樋上邸の洋館にある執務室。

樋上商会の今期の決算報告書に、高良は目を通しているところだったが、もうその作業も仕舞いだ。

左右の壁が書架で埋まる執務室は、豪奢なルネサンス風で、天井では真鍮《しんちゅう》製の装飾がついた電傘《でんかさ》から、淡い光が降っている。その光を見つめて、高良は愛しい嫁のことを想う。

(小春は今頃、なにをしているだろうか)

夏から秋へと移る、季節の境目。

青山の女学校での任務を達成したのが、もう二週間前のことになる。

放課後の裁縫室で、犯人であった井手坂と対峙してから数日後にはすぐ、後処理を済ませて高良たちは学校を去った。

小春は親しくなった学友と、『春子』として会うことはもうないため、名残り惜しそうにはしていたが……「おかげで学校の素晴らしさがわかりました！」と、高良にとってはなにより価値のある、屈託のない笑顔を浮かべていた。

井手坂もあの後、学校に退職願いを出したらしい。けれど教師という職を辞めるわけではなく、地方でまた一から始めるそうだ。

彼女を陥《おとしい》れた御堂ゆかりの方も、軽傷で済んだとはいえ、一度死に直面した影響か心を入れ替えた節があり……井手坂の元婚約者との縁談は、結果的に取り止めにしたとか。

井手坂とその彼がまたやり直せるかどうかまでは、高良の知らぬことだ。

(俺はさして興味などないが……小春はやり直して欲しいと、そう願うだろうな)

心優しい小春を想い、高良はフッと口角を上げる。

——またこの二週間で、高良たちはふたつの事件も解決している。

新たに鈴を配っていた犯人は、ひとりは横浜で洋食屋を営むも、競合店に客を取られ、店が立ち行かなくなってきた経営者。

もうひとりは、住まいは上野で、賭博《とばく》で借金をこさえて首が回らなくなったならず者。

前者は競合店の客を狙って言葉巧みに、後者は賭博仲間に持てば運が向くと嘯いて、赤い鈴を広めていた。両者とも井手坂の例に倣《なら》い、浅草に立ち寄った際、背の高い男に行李を手渡されたようだった。

(リュウキチの時は家に届けられた……この違いには重要な意味がある。背の高い男の正体はやはり……)

白シャツの上で指を組み、高良は思考を深めていく。

幸いにしてふたつの犯行は、おひい様のいち早い情報収集の甲斐もあり、どちらも被害が甚大になる前に対処できた。それでも犯人たちとの追いかけっこは、そろそろ飽いてきたところだ。

満を持して、大元を叩きたいところだが……。

さしもの高良も、書類仕事の直後に事件についての考察と、頭を痛めることばかりで疲労が顔を出した。

「……一度、小春の様子を見に行くか」

小春という栄養がまた不足し始めたので、立ち上がって扉へと向かう。

ただ、その小春に関しても……高良は懸念点がある。

(時折思う、小春は俺との結婚に躊躇《ちゅうちょ》していると)

珠小路家から明子の身代わり嫁として、小春が樋上家にやって来て、数ヶ月の時が流れた。

その間で正体がわかり、高良と小春は互いの気持ちを確かめ合ったわけだが、ふとした折に高良は、小春を遠くに感じることがあった。手元にいるはずなのに、すり抜けていくような感覚。

それがまた、小春を失いそうで恐ろしい。

（鬼と称される俺が、恐ろしいなどとはな）

扉の近くで一度立ち止まり、自嘲を漏らす。

それだけ、高良にとって小春はかけがえがなく、出会った頃から特別で大切だ。

いっそ父の説得や祝言の準備など、まどろっこしいことは止めて、どこかに閉じ込めてしまいたいとさえ思う。離れていかないよう、囲いたいと。

だが同時に、小春の自由な精神を尊重したいとも思うから、高良としては難儀なところだった。

（手帛の件では、本気で閉じ込めてやりたくなったが……）

女学校で小春は、高良のために黄水仙の刺繍を施した手帛を作ってくれていた。しかしそれは成り行きで、佐之助の手へと渡っており、奴はあろうことかそれを高良に見せびらかしたのだ。

「小春さんからもらったんだ、これ。僕との出会いも思い出してくれて、僕も小春さんの旦那様候補に一歩前進かな？」……などと、煽りに煽ってきた。

あの時の高良の荒れる心情は、自分でも制御できなかった。大人げなくも、小春を怯えさせてしまったくらいだ。

（やはり俺は、小春のことになると調子が乱れるな）

一言で、それは『惚れた弱み』というやつだろうか。

いい加減、部屋を出ようとノブを握る。けれどそれを回す前に、トントンとノックの音がした。

「おや、ちょうど出るところでしたか」

「……入室許可なく入るなと、お前に注意することもうんざりしてきたな」

高良の嫌味は横に流し、勝手に入って来た真白は「高良様にお届けものですよ」と、白い横書きの封筒に収められた、一通の手紙を慇懃無礼《いんぎんぶれい》に渡してきた。

渋面を作って、高良は中身に目を走らせる。

それからスッと、瞳を細めた。

「これは……事が動きそうだな」

※

高良が手紙を受け取った頃。

小春は樋上邸の自室で、寝台に腰掛けて真剣に針を動かしていた。

「あとちょっと……ここさえ縫えたら……」

開け放たれた、木枠の彫刻が美しい窓からは、吹き込む涼風が室内に秋の匂いを連れてくる。

その風に下ろした髪を遊ばせながら、小春はプチッと糸を切った。

「できた！」

完成した手帛を両手で広げて、満足気に頷く。

「よかった……これで高良さんにお渡しできる！」

今度こそ間違いなく、これは高良に贈るものだ。

佐之助が煽ったことで、彼の機嫌が地の底まで急低下した時は、小春もみっともなく狼狽えてしまったが……。

（……あの時の高良さんは、一言も話さなくてちょっと怖かった）

無言だが殺気を滾《たぎ》らせていることがわかり、小春は急いで弁明し、ちゃんと高良の分は作り直すと約束した。高良もそこで佐之助の妹のことを知って、今回ばかりはお目こぼしをくれた。

高良は「待っている」と言って小春にくっついて離れず、佐之助への嫉妬を隠しもしなかった。

反省しつつも、そんな高良に胸打たれたことは小春だけの秘密だ。

（でも黄水仙以上に、高良さんに合う植物を吟味《ぎんみ》して選んだし……喜んでくれるといいな）

手帛を丁寧に畳んだところで、「小春、入ってもいいか？」と尋ねる声がする。

噂をすれば高良のようだ。

「どうぞ」

執務室で表の方の仕事を片付けていたはずが、ひと段落したのか。高良は白シャツに黒ズボンという洋装姿だ。小春は寝台から立ち上がって出迎える。

目敏《めざと》い彼は、小春の手にある手帛にすぐに気付いた。

「それは……」

「はい！　ちょうど完成した、高良さんへの贈り物です」

出し惜しみはせず、小春は高良へと意気込んで差し出す。

受け取った高良は手帛をじっと見つめ、まるで壊れ物にでも触れるように、施された刺繍を指先でなぞった。

「……鬼灯《ほおずき》か？」

「高良さんにお似合いだと思いまして」

小春が黄水仙ではなく、今回選んだ題材の植物は、鬼の灯りと書いて『鬼灯』だ。

花よりも提灯のようにぷっくり膨らんだ実が有名なため、鮮やかな橙色の糸を主に使って、手帛の上で緻密《ちみつ》に再現してみた。

言わずもがな、『鬼の若様』である高良らしく、『鬼』という字が用いられている点は当然、鬼灯には魔除けや無病息災の効果もあるとかで、小春はこれしかないと思ったのだ。高良の使う鬼火を想起したところもある。

「題材に迷っていたところ、きっかけをくれたのは亜里沙さんで……先日遊びにいらして、ご両親と夏の間に『ほおずき市』に行かれたという話を、私にしてくださったのです」

「ああ、そういえばまた来ていたな」

亜里沙はいつも予告なしの訪問で、真白あたりは常々溜息をついている。「お姉様の女学校体験談をぜひ拝聴したくて！」との名目だったが、途中から話題はどんどん逸れていき、最終的には亜里沙の夏の思い出話になった。

『ほおずき市』は毎年、七月の初めに浅草の浅草寺《せんそうじ》で行われる、夏の風物詩だ。江戸の時代から続いている催しで、たくさんの鬼灯の鉢植えが境内《けいだい》に並べられ、毎年大変な盛り上がりを見せるという。

(明子様もお小さい頃、有文様と出掛けて、そこで鬼灯の鉢を買われたって話していたな)

まるで提灯行列のような光景だったという。

小春も花街時代から市の存在は知ってはいたが、いまだ行けたことはなく、前々から興味はあった。

「来年はその『ほおずき市』に……高良さんと、ご一緒に行けるといいなと」

「ああ、必ず行こう」

深く頷く高良は、いまだ手帛の刺繍から目を逸らさない。

小春としては、そんなに凝視されると、縫い目の拙《つたな》いところなどが発見されないか危ぶんでしまう。

「あ、あと！　鬼灯にも花言葉があるのかなと、本で調べたのですが……」

「俺もその本はおそらく読んだ。少々不穏なものもあるが、『自然の美』や『心の平和』といったよい意味も多いな」

「さすが高良さんです！　その、もうひとつ、『私を誘ってください』という意味もありまして……」

「……誘って？」

「は、はい。それは、どこに行くにもなにをするにも、高良さんが私を誘ってくれたら嬉しいという、私のささやかな願いも込めており……」

それはどんな時でも、高良の傍にいたいという小春の意思表示でもあった。

女学校での任務を無事に終えられて、以前より高良にふさわしい嫁として、小春は自信がついていた。

まだ完全に、憂いを払拭《ふっしょく》できたわけではないが……身分差や生まれのことなど、卑下《ひげ》し過ぎないようにしようと、前向きになれてきている。

高良は手帛から顔を上げ、小春を驚いたように見つめていた。

「こ、こじつけに近いかもしれませんが……わっ！」

ぎゅうっと、高良は手帛を持ったまま、小春を腕の中にきつく閉じ込めた。まるで逃がさないと言わんばかりの、強い抱擁だ。

小春としては、ちょっと苦しいくらいである。

「た、高良さん……？」

「……本当に、失うのは耐えられそうにないな」

「え？　ひゃっ！」

何事か呟きを落とした高良は、唐突に小春の頬や額に口付けの雨を降らせた。彼の端正な顔が近付く度、艶やかな黒髪が、顔のあちこちを掠めてこそばゆい。

目元にまで口付けられ、小春がいい加減に耐えられなくなってきたところで、高良はやっと解放してくれる。

「きゅ、急に……ビックリしました」

「……小春があまりに可愛いことを言うものだから、抑えが利かなくなりかけた。これだけじゃ本当は足りないくらいだ」

「喜んでもらえたならなによりですけれど……」

赤くなって縮こまる小春を前に、高良は丁寧に丁寧に手帛を畳み直す。

「小春からの初めての贈り物だ。大切にする」

言われてようやく、小春は高良から根付や着物、キャラメルとたくさん形ある物をもらっているが、こちらから贈ることは初めてだと気付いた。

そういうことなら、高良が感極まって口付けの嵐をしても仕方ないのかもしれない。

小春は無意識に、口付けの感触を辿るように目元に手を添えかけて、ハッとして頭をブンブン振った。

切り換えたくて、「ところで！」と無駄に声を張り上げる。

「高良さんはどうして、私の部屋にっ？」

「忘れていた……これを見てくれ」

なんと高良も高良で、肝心な用事が頭から抜けていたようだ。それだけ、小春からの贈り物が嬉しかったということだろうが……。

彼は手帛を胸ポケットに仕舞うと、代わりに懐から白い封筒を取り出した。

小春が預かって開けば、中には達筆でぎっしり書かれた便箋《びんせん》数枚と、二つ折りにされた上質な紙が一枚。

「その便箋はおひい様からで、もうひとつは霧之宮男爵《きりのみやだんしゃく》邸で来月開かれる、舞踏会の招待状だ」

「舞踏会、ですか」

「夜に行われる夜会とも言うな。男爵が春と秋に毎年、上流階級の客人を招いて開催しているらしい。女学校の次はそこに潜入するため、おひい様がまたもや裏から手を回して、招待状を入手したんだ」

「ということは、今度の鈴配りの犯人はその霧之宮男爵ですか？」

「奴はもっと大きな獲物だ。数ヵ月前から……蛙谷が男爵邸に出入りしているという情報を、おひい様が掴んだ」

「えっ……!?」

霧之宮男爵家の当主・霧之宮知親《ともちか》は、なんとも悪評の多い男らしい。

三年前、事故で妻と娘を亡くすまでは、愛妻家で親しみやすく、真っ当な会社に投資をして財を成し、その財を庶民への慈善活動に使うよき人柄であった。

しかし家族を喪《うしな》った悲しみからか、性格は一転。現在はきな臭い商売をしている会社にばかり投資し、法に触れる物質のやり取りを異国と行っているなど、黒い噂があるとか。

「そんな方と、蛙谷さんが……」

「そのふたりが黒幕の可能性は高いな」

ついに大元の尻尾を掴めたというわけか。黒幕に華族が噛んでいるかもしれないとは、小春も予想外だ。

（ということは、その霧之宮男爵が、行李を手渡している例の謎の男かも……？）

そちらも気になるが……しかし、小春にはもっと切実で、大変な問題が目の前にある。

「わ、私も舞踏会にご一緒してもよろしいのですよね？」

「……今までより危険な相手だ。小春には不参加でいて欲しいところだが、舞踏会には男女一組で来るよう指定がある」

眉間に皺を刻む高良。

小春以外の女性を、己のパートナーとすることは、高良としては受け入れがたい苦悩があったようだ。小春も我儘《わがまま》を承知でそれは嫌だ。

つまり、高良と小春で舞踏会に潜入することは、もう確定として……。

「……お恥ずかしながら私、踊れません！」

小春は素直に白状した。

日本で社交舞踏《ダンス》が始まったのは、明治の世の『鹿鳴館《ろくめいかん》』からで、文化自体は知っているものの、小春はもちろん未経験である。女学校の授業でも舞踏の時間はあったようだが、幸か不幸か、小春の潜入中は行われなかった。

（せっかく自信をつけられたのに、やっぱり私は教養の面でもまだまだだよ……）

高良と釣り合いを取るには、越えなければいけない条件が厳しい。

ひっそりと落ち込む小春に対し、高良は眉間の皺を消して「なんだ、そんなことか」と、あっけらかんと言う。

「舞踏くらい俺が教える。舞踏会はまだ先だ、一月あればなんとかなるだろう」

「ひ、一月で覚えられるものなのでしょうか？　完璧に踊るには一年以上かかるとか、明子様が以前お話しされていたような……」

「完璧でなくていい。それとなく見えるよう、形だけでも取り繕えば。小春は俺以外と踊らないからな」

それは暗に、他人とは『踊らせない』とも取れる。高良の独占欲を感じて、小春は頬を染めて小さく頷いた。

なおその一月の間、働き過ぎた小春、高良、操、佐之助の祓い屋組は休暇になるそうだ。おひい様のところに地方から、別の祓い屋が臨時で数人駆け付けてくれていて、事件が起こっても彼等に対応してもらうとのこと。

引退して現在は甘味《かんみ》屋をやっているはずの、高良の師匠・夢蔵《ゆめぞう》も、おひい様の交渉により一月限定なら手を貸してくれるという。

小春たちは来たる大捕物のために、鋭気を養っておけということらしい。

（つまり今の私の最重要任務は、舞踏を叩き込むってことだよね……！）

形だけでいいと言われても、せめて高良が恥をかかないくらいには、踊れるようにする必要はある。

スッと、高良はそれらしく手を差し出した。

「先ほどの鬼灯の花言葉に則《のっと》るなら……舞踏のお誘いだ。俺と踊って頂けますか？」

高良にしては珍しいおどけた言い回しは、小春の緊張を解そうとしてくれてか。

『私を誘って』と言った手前、小春が乗らないわけがない。

差し出された手に、小春は勢いよく自分の手を重ねた。

「喜んで！」


高良の舞踏指導は、主に亜里沙の屋敷を借りて行われた。

樋上邸にはない舞踏ホールが、彼女の家にはしっかり設けられていたのだ。亜里沙の両親も快く貸し出してくれた。

そうして、小春の特訓の日々は幕を開けたわけだが……小春は身体能力こそ悪くないものの、リズムに合わせるという行為がどうにも下手だった。音痴もそこからなのだろう。

そのため最初はボロボロで、何度高良の足を踏んづけたかわからない。青ざめて謝る小春に、高良は「気にするな」と微笑んで、根気強く教えてくれた。

ただ祓い屋の方で休暇をもらっても、忙しい高良には、樋上商会の方の仕事は通常通りある。

高良が指導につけない時、主に小春の先生役を担ったのは真白だ。

真白の実家は歴史ある華道の家元で、彼もまた十分な良家出身であるため、教養のひとつとして舞踏は習得しているらしい。

モノクルを光らせる真白と、小春はこんな会話をした。

「奥様にお教えするなど恐縮ですが……精一杯務めさせて頂きます」

「私の方こそよろしくお願いします、真白さん」

「まずは基礎から着実に覚えていきましょう。ですが私と組んで、手を取り合っての練習などは致しませんよ？」

「へっ？　ではどうやって……」

「シャドー練習と言いまして、おひとりで踊られるところを、私が見て指摘していく形になります」

「そ、そうなのですね。でもなぜシャドーだけ……？」

「安全策ですよ」

真白は「嫉妬深い我が主に、睨まれたくはありませんので」と、できる秘書らしく一礼した。

そんな彼の指導はなかなかに厳しかったが、真白から助言を受けた後に高良と踊ると、上達具合が著《いちじる》しかった。普段から優秀な彼は、頼れる舞踏の講師でもあったのだった。

そうして連日みっちりと練習に費やし、様子を見に来た亜里沙にも確認してもらって……小春はなんとか、舞踏会までに最低限は踊れるよう仕上げたのである。

※

——迎えた、舞踏会の夜。

霧之宮男爵邸は、樋上家をも凌《しの》ぐ巨大な洋館だった。

陽が沈み真っ暗闇の帳が落ちれば、宴《うたげ》は開始だ。

広いホールでは煌《きら》びやかに着飾った男女が集い、青い天鵞絨《びろうど》のカアテンが外の世界を遮断し、天井では瀟洒《しょうしゃ》なシャンデリアが揺れている。

（うわあ……！）

高良に手を取られてエスコートされ、会場に足を踏み入れた小春は、その光景に圧倒された。

花街の夜を彩る灯りとはまったく違う。華やか過ぎて目がチカチカし、場違い感に腰が引けてしまいそうだ。皆が皆、自分以外は光り輝いて見える。

（高良さんは、さすが堂々とされているな）

こういう場には慣れているのだろう。

小春はチラリと、隣の高良を見上げる。

高良は髪を後ろに撫で付け、上質な黒の燕尾服《えんびふく》を纏っている。それによりスラリとした肢体が際立ち、抜き身の刃のような鋭さのある美貌が、今夜はますます研ぎ澄まされていた。

先ほどから淑女たちの熱視線が痛いくらいである。彼女たちは扇で口元を隠し、高良のことを囁き合う。

「あちらの殿方はどなたかしら？　麗しい、素敵な御方ね」

「ほら、樋上商会のご子息様ですわ。やり手の鬼の若様と名高い……」

「縁談を次々と断っているという、あの？　ですが、お隣にパートナーの方がいらっしゃるようよ。お可愛らしい方ね」

「恐ろしい逸話《いつわ》ばかり耳に挟んでおりましたけれど、お相手の方に向ける目はとてもお優しそうね」

淑女たちには『樋上家の御曹司』として、高良の顔を知る者も多いようだ。

高良たちは今回、女学校の時のように正体を偽っているわけではない。ありのまま高良は樋上の名を使い、小春はその婚約者という立場で参加していた。

問題があるとすれば、柳子を始めとして、女学校で接した『春子』や『大和先生』を知る者と、この会場で遭遇するかもしれない可能性だが……。

（良家の人達が招待されているなら、ないことはないよね。でも会っても、高良さんは大和先生の時は変装していたし、私はお嬢様のフリをしていたから、そこまで気付かれないはず……！）

万が一気付かれても、別人を貫く方針だ。

だが今のところ、女学校で覚えた顔触れは来ていないようである。

（それより……）

不躾にならない程度に、小春は女性陣を観察する。

華美な装いが板についている彼女たちと、小春は自身の身形をどうしても比べてしまう。

（……用意して頂いたドレスが素晴らしい分、どうしても私には勿体ない気がしちゃうよ）

高良が正装なら、小春も当然ながら正装だ。

小春が着ている桃色を基調としたドレスは、『バッスルライン』と呼ばれる、スカートの後ろを膨らませた異国で流行ったものだ。そうして腰を細く見せることで、立ち姿がエレガントな印象になる。

そこに適度にフリルをあしらい、髪は夜会巻きにして真珠《しんじゅ》の髪飾りをつけた。

頭から爪先まで身に着けているものすべて、とんでもなく高価な代物である。

「堂々としていればいい。ドレス姿の小春も綺麗だ」

「あ……」

引け目を感じて小さくなる小春に、高良が声を潜めて賛美をくれた。

世辞ではない、心から思って言ってくれたのだと伝わって、小春はきゅっと唇を噛む。俯きかけていた顔を上げ、背筋もしゃっきり伸ばした。

（そうだ、こうして高良さんは褒めてくださるんだから……！　比べない、卑下しない！）

それにこれは任務だ。俯いている場合ではない。

小春が高良に礼を述べたところで、後ろから「小春さんっ！」と通りのいい美声が響く。

振り返った先にいたのは、高良と同じく燕尾服姿の佐之助だ。彼は彼で、立端のある体に正装がよく似合っており、襟足を結んだ髪型も洒脱《しゃだつ》な雰囲気だった。

そんな佐之助は勢いよく、小春の両手をきゅっと握る。

「ドレス姿も美しいね。それにとても可愛らしいよ」

「さっ、佐之助さん！　あの、手を離し……っ！」

振りほどこうにも存外、佐之助の力は強い。もはやお決まりの流れで、ベリッと高良が佐之助を引き離した。

「佐之助……お前はそろそろいい加減にしないと、俺も怒るぞ」

「もう怒っているよね？　こんなところで目を金にして、目立つよ？」

「怒らせているのはお前だ」

「だってさ、小春さんを見ていて最近、確信したんだよね。やっぱり高良より、僕の方が小春さんを幸せにできるって」

めげずに佐之助は高良の妨害を躱《かわ》し、小春にだけ聞こえるように耳打ちする。

「小春さん……たぶんずっと、高良との身分差で悩んでいるだろう」

「な、なんで……！」

「見ていたらわかるよ。俺なら好きな相手に、そんな重荷は背負わせない。実家はそれなりに裕福だけれど、俺は高良より自由に生きている。小春さんも俺を選べば、もう余計なことに悩まなくていい」

佐之助の言い分は、今なお不安定な小春の胸に大きく響いた。なるほど、重荷と称されたら否定はできない。

（それでも、私は……）

小春が口を開きかけたところで、バシンッと誰かが佐之助の背中を容赦なく叩いた。

高良かと思いきや、仁王立ちする操だ。

「……痛いな。なにするのさ、操」

「小春さんが困っているから、助けただけ」

ふんっと鼻を鳴らす操は、深緑のドレスを纏っている。バッスルラインも取り入れた上で、余計な装飾のない洗練されたデザインだ。

頭には髪を纏めてから、緑の羽根がついたトーク帽も被っていた。『トーク帽』とは頭に載せるようにして使う、筒型の婦人用の帽子で、それがまた優雅で落ち着いた装いに仕上がっている。

操と佐之助は一組で、佐之助もまた実家の名前で、おひい様から招待状を受け取っていた。操は佐之助の友人ということで、ここに入り込んだ次第だ。

小春は「わっ！」と、操の姿に歓声を上げた。

「操さん！　そのドレス、操さんにぴったりですね！」

「ありがと。小春さんもぴったり」

「しかも、お色……深緑にされたんですね」

「ん。資金はおひい様持ちで、好きなの買っていいって言われたし。有文さんのお好きな色だって、小春さんから教えてもらったから」

すっかり仲良くなった操と小春は、きゃっきゃとはしゃぐ。

このパーティーに珠小路家は来ないはずだが、それでも慕う殿方の好きな色を着たいという、操の恋心はいじらしい。

そんなふたりに毒気を抜かれたようで、佐之助はやれやれと嘆息し、高良も金の目を戻している。

騒いでしまったため、またもや集中する周囲の視線を避け、小春たちは隅の方へと移動した。

そこで先に会場入りしていた佐之助と操から、得た情報を聞く。

「まだ霧之宮男爵には、俺たちは接触はできてないよ。今のところ、会場や客に不審な点はないかな。瘴気も一切ないし」

「でもひとつ、裏のありそうな情報は、客から聞き出せた」

「裏のありそうな情報……？」

不穏な気配を感じる小春に、操は声を潜めて話す。

「男爵が宴の終盤で、会場の客全員に『贈り物』をするって。男爵は真っ当だった頃から、いろいろな製造工場にも投資しているから、そこで作った試作品の小物をぜひ皆様にって」

「そ、それって、井手坂先生の時みたいに、赤い鈴をその小物に隠して配るつもりでは……っ！」

「私もそう思う」

上流階級の者たちに配るなら、ただの鈴では価値がないと判断され、下手をすると捨てられ兼ねない。だから上等なものに潜ませるつもりなのだろう。

佐之助も同意見のようだ。

「これだけの客に、その瘴気たっぷりの鬼物を一斉に配るんだ。瘴気が漏れないように、どこかで管理されているはずだって、操と話していたんだよ」

「それ、私たちが探す。ここには蛙谷もいるかもしれないし、見つけたら捕まえるつもり」

高良たちの方はまず、会場内で霧之宮男爵と接触を図ってみて欲しいと頼まれる。

高良は了承し、二組は別行動になった。

「操、よろしくな」

「……了解」

佐之助とは険悪なせいか、高良は操にだけ目配せをする。

……と、そこで派手めなドレスを着た、まだ年若い少女が三人、いそいそと佐之助の方へと近付いてきた。

「あ、あのう、ご歓談中に失礼致しますわ」

「もしやと思いまして……貴方様は、祭屋サスケ様ではございませんか？　人気活動弁士の……」

「わ、私たち、親に黙ってこっそり、浅草の活動写真館で拝見した時からのファンですの！」

良家の子女であるならば、どちらかというと庶民の娯楽である活動写真より、帝劇でオペラや舞台が主流であろう。しかし佐之助のファンを名乗る彼女たちは、少々お転婆なお嬢様らしい。

サスケの顔に切り替わった佐之助は、「そうなのかい？　とても光栄だし、嬉しいな」と爽やかに微笑む。

真正面から微笑みを受けた少女は、くらりと倒れかけた。

そこに緩やかな旋律の音楽が流れ出す。楽士たちが舞踏の曲を奏で出したようだ。

「サ、サスケ様！　どうか私と一曲踊ってくださいまし！」

「ズルいですわ！　私ともどうか！」

「私とも！」

「……申し訳ないけれど、踊りたい相手はひとりだけなんだ。ごめんね」

佐之助が殊勝《しゅしょう》な態度で断れば、残念そうにしながらも彼女たちは引き下がった。

その流れで佐之助は小春に向き直り、腰を折って手を差し出す。

「どうか俺と一曲、ご一緒して頂けませんか？　小春さん」

しかしそうくることは、高良も読んでいたようだ。

「行くぞ、小春」

「っと！　た、高良さん！」

小春の腕を些か強引に掴んで、高良はホールの真ん中へと向かって行く。さすがに小春は佐之助を気にして振り向くも、彼は肩を竦めて追っては来なかった。

（あれ……佐之助さん、また……）

もうだいぶ遠目になったが、佐之助がまた仄暗い瞳をしていることに、小春は気付く。

（さっきの声を掛けてきた子達、妹さんくらいの歳で活動写真好きのようだし……笹音さんのこと、思い出しているのかな？）

いつか無事に、彼のもとへ帰ってきて欲しいものだ。

女学校で垣間見た、妹を必ず見つけるという佐之助の覚悟を思い出し、小春は切に願う。

一方で操は舞踏に興味を示さず、壁の花になろうとするも……ひとりになるところを狙っていた紳士たちに、次々声を掛けられていた。「美しいお嬢さん、ぜひ私と」「一目惚れしました、どうか僕と！」「彼女は私と踊るんだ！」と、引く手数多《あまた》な状況は、佐之助と被る。

当の操は「私は有文さんとしか踊りたくないのに」と嫌そうにしつつ、仕方ないので一曲だけ適当な紳士と付き合うらしい。

そんなふうに、佐之助と操のことを気にしていたら、高良が小春の手をやんわり取り直した。

「俺たちも踊ろう、小春。練習の成果の見せどころだ」

「は、はいっ！」

意識を切り替えて、踊る男女の輪に加わる。最初は小春の足取りは覚束《おぼつか》なかったものの、高良のリードに合わせるうちに、体が徐々についてきた。音楽にも乗れて、ステップも軽やかだ。

難しいところもどうにかこなせば、高良は「上手いな。特訓の甲斐が出ている」と賛辞をくれる。

「苦手な舞踏も頑張って、他者のために祓い屋の手伝いもしてくれて……小春は凄いな、本当に」

「凄い？　私が……？」

「ああ、小春は凄い」

小春の努力や生き方を褒め、なんでもないことのように肯定してくれた高良に、小春は胸がいっぱいになる。

（高良さんはいつだって、等身大の私を真摯《しんし》に見てくださる）

それは『おはじきさん』と、呼んでいた頃から変わらない。

密着している今、互いの目の中には互いしかいなかった。

その瞳に映れる今を、小春はとても幸福だと、練習通りのターンを決めながら深く実感する。

（佐之助さんの言うように……私は高良さんにふさわしくなりたくて、ずっと悩んでいた）

小春は確かに、高貴な血筋の出ではない。

それ故に教養もなく、舞踏だってここまで踊るのに相当な時間を費やした。生まれを変えることなどできず、小春はどこまでいってもお嬢様などにはほど遠い、花街育ちの娘だ。

（でも、それでいいんだ）

花街育ちだから、なんだというのだろう。

高貴な血筋ではなくとも、瘴気に強い父の力を継いだおかげで、こうして祓い屋の手伝いができ、高良のいる世界に共に立てていられる。

（お母さんも言っていたもんね。『いつだって胸を張って、前向きな生き方をなさい』って）

生まれにだって、胸を張ればいい。前向きに、高良の傍にいればいい。

きっとこの先も身分差に悩むことはあるだろうが、その苦悩をいくらでも超えて、小春は高良と生きたいと感じた。

そのたったひとつの揺るがない想いを、今一度はっきり確かめられた。

（……事件を解決したら、ちゃんと高良さんと結ばれたい）

今なら高良の父にだって、いくらだって立ち向かえる。結婚を認めてもらうまで、小春はとことん粘ってやる！　と、ひとり気合いを入れる。

一刻も早く、祝言も挙げたかった。

新婚旅行にだって、高良とならどこへだって行きたい。

そして——永久の誓いをするのだ、この愛しい人と。

小春がそう心から望んだところで、音が終わる。ステップを止めても、小春たちはしばらく、見つめ合ったままその場にいた。

パチパチと拍手をしながら、ひとりの男がそんな小春たちに歩み寄る。

「いやはや、一等お見事な舞踏でした！　こんなよいものを見せて頂けるとは、主催者側としても誇らしいことです！」

ハッと、小春は夢心地だったところから意識を戻す。

寄って来た中年の男は、高良より少し低いほどの背丈に、こけた頬に目の下の隈がハッキリとわかる、ずいぶんと不健康そうな見目をしていた。金を掛けた身形をしていても、歳のわりに白髪も目立つ。

言動こそ明るく振る舞ってはいるが、幽鬼のようなこの男こそ、霧之宮男爵だ。

「お褒めにあずかり光栄です、男爵」

すかさず高良が礼を取り、小春も続いて「お招き頂き感謝申し上げます」とドレスの裾を持ち上げる。

（身長からしても、この人が危ない行李を渡していた黒幕かもしれない……油断なくいかないと！）

表向きは淑女らしく振る舞う小春に、霧之宮男爵は興味を示してくる。

「樋上の鬼の若様が、こんな可愛らしいお嬢さんをお連れになるとは！　とても驚きました。お嬢さんのお名前は？」

「あ……吉野小春、と申します」

「小春さん！　実にいい名だ！　御歳は？」

「じゅ、十六ですが……」

「うんうん、年齢もいい！」

品定めするような男爵の視線に、小春は薄ら寒いものを感じた。変に興奮している様子も、たまらなく気味が悪い。

高良がさりげなく、小春の前に立って男爵の視線を阻んでくれる。

「……今宵は男爵のお心遣いで、後程私たちに贈り物があるとか。今からとても楽しみにしております」

「おや、若様は耳聡《みみざと》いねぇ！　そうそう、今宵のために用意した特別な『贈り物』なんだよ！」

まるで無邪気な子供のように、霧之宮男爵はにこにこと笑う。

「私の投資先が頑張っていたようでね、かつてないほどいい出来らしいんだ。きっと満足してもらえると思うよ」

（かつてないほど……）

小春の脳内に、嫌な推測が浮かぶ。

男爵は蛙谷と組んで、黒い鈴と赤い鈴を使い、リュウキチを始めとする心に闇を抱える者たちに与えて、その力を試した。そうしてさらに悪質な鬼物を生み出し、今宵ここにいる者たちに配ろうとしているのでは……と。

（そんなことになったら、帝都が大変なことになっちゃう！）

ここにいる者は、地位も財力もある人間ばかりだ。そんな者たちの気が触れてしまったら、社会的な混乱は必須だろう。

静かに息を呑む小春の隣で、高良は涼しい顔を貫いている。けれど彼も、小春と同じ推測を立てているはずだ。

男爵は「ああ、そうだ！」と声を大きくし、またも小春に意識を向ける。

「小物以外にもね、若い女性向けの西洋の服なんかも、投資先の会社から試作品を預かっているんだ。会場で似合いそうな方がいたら、ぜひ着てみての感想が欲しいなと。小春さんはどうかな？」

「申し訳ありませんが、それは……」

どう考えてもただの善意からではない誘いに、高良がすかさず小春の代わりに断りを入れようとする。それを遮るよう、小春は反射的に「お、お受けしたいです！」と答えていた。

「小春っ？」

「おお、そうかいそうかい！　助かるよ！　では後ほど使用人を寄越すから、二階の部屋へおいで。女性のお着替えだからね、若様はついて来てはいけないよ？　小春さんおひとりでね」

動揺する高良を置いて、霧之宮男爵は上機嫌に捲し立てた。

次の曲が流れてきて、男爵は「それでは、待っているね」とこけた頬で笑みを象《かたど》り、別の客のもとへ足を向ける。

「……こちらへ来い、小春」

男爵が去ってすぐ、高良は険しい表情になって、小春を会場の外へと連れ出した。高良の逆鱗に触れたことは承知の上なので、小春は大人しく従う。

夜空には引っ掻いたような、青白い三日月が掛かっていた。

その月明かりに照らされながら、入り口へと続く人気のない大理石の階段で、高良は怒りを露にした。

「お前はいったい、なにを考えているんだ！」

小春に対してこんな高良は、滅多《めった》にないどころか初めてだ。

ビクッと、小春は盛大に肩を跳ねさせる。

「あんなあからさまに危ない誘いを、どうして断らなかった！　本当に行くつもりか？　敵陣にひとりでなど、俺は認め……っ」

「か、勝手な行動に出てごめんなさい！」

怒られたことに小春は萎縮しながらも、まずは勢いよく頭を下げた。高良はぐっと喉を鳴らし、ひとまず己を落ち着ける。

「……怒鳴ったことは、俺も大人げなかった。だがなぜ、危険を承知で受けた？」

「どうしても『贈り物』が配られてしまう前に、解決したくて……それには男爵に近付くのが一番かと思いました。私に異常に興味があるようでしたし、誘いを受ければ好機かなって……」

しゅんとしながら思惑を明かす小春は、長らく抱えていた憂いが晴れたことで、勢いづいていた自覚もある。少々先走ってもいた。

高良は痛むこめかみを押さえる。重苦しい溜息をついてから、「小春の考えはわかった」と苦く零す。

（おひい様の屋敷で、祓い屋の作戦に参加すると決めた時も……こんな流れだった気がする）

あの時も高良は大反対し、小春は結局自分の意思を押し通した。

そして今回も、高良は本音とは裏腹に、小春の考えや想いを尊重しようとしてくれている。

「止めても他者のためにやりたいと請うのが、俺の嫁だ。そしてあいにくと、俺は嫁にねだられたら逆らえない……だがこれだけはわかってくれ。小春になにかあれば、俺は生きた心地がしない。どうか無茶だけはしないで欲しい」

「も、もちろんです！」

「では左手を出せ、小春」

なぜ手を？　と疑問を抱きながらも、小春は素直に左手を差し出す。

高良はその手を、まるで舞踏をしていた時のように恭しく取ったかと思えば、次いで己の口元へと持っていった。

「た、高良さ……ひゃっ！」

ガリッと、高良は小春の薬指に歯を立てる。

首筋を噛まれた時とは異なる、痛みはないが強い痺れが、指先から春雷《しゅんらい》のように小春へと走った。そこにはクッキリと、歯の痕が指輪のようについている。

「今の髪型では、首筋を噛むと目立ち過ぎるからな……指に俺の気配を濃くつけておいた。これで俺と離れていても、この屋敷内でくらいなら、小春の動向をある程度は追える」

「す、すごい……夢蔵さんみたいですね」

「ご隠居ほどの力はないさ」

かつて夢蔵は、小春が持つ撫子柄の蒔絵根付を頼りに、蛙谷に攫われた小春の居場所を見つけ出してくれたことがあった。あの根付は今夜も、ドレスのスカートに潜ませて持ってきている。

着物ではないため帯留めにはできなかったが、小春にとってはどこぞの赤い鈴より、余程効力のあるお守りだ。忘れてはいけない。

高良は念のためにと、その根付もいったん預かり、そちらにも己の力を込めてくれた。

「この手の物に力を込めるやり方は、操の方が得意でな……悪いが、それの効力は長くは続かない。本当に気休め程度だ」

「……いえ、心強いです」

噛み痕のついた指で、小春は返された根付を大切に握り締める。本音を漏らすと、霧之宮男爵のもとに単身で向かうことは、小春だって怖かった。

だけど高良のおかげで、どんどん勇気が湧いてくる。

「繰り返すが、無茶はするな。万が一の場合は……必ず俺が助けに行く。俺の嫁は、俺が守るからな」

「信じています、旦那様」

しばし視線を絡ませてから、ふたりは会場へと戻った。

それからすぐ、「吉野小春様ですね？」と、霧之宮男爵の命を受けた使用人が、小春のもとへやってきた。いまだ懸念を露にする高良に、噛み痕の残る指を安心させるように振って、小春はその使用人についていった。

「主人が来るまで、どうぞこちらでお待ちください」

小春を入室させた後、使用人はさっさと立ち去る。

案内された部屋は、二階の端にある書斎のような場所だった。

毒々しい紫の絨毯が敷かれ、古い書物が詰まった書架《しょか》が壁一面に並んでいる。重厚な執務机と椅子、真ん中には向かい合って革のソファが置かれており、燭台《しょくだい》を模したシャンデリアはうっすらと暗い。

どうにも全体的に、あまり趣味がいいとは言えない部屋だ。

小春は大人しく座って待つ気にはなれず、部屋に怪しい点はないか、この隙に見て回ることにした。

（うーん……今のところ特に怪しいところは……あっ、この窓からお庭が見えるんだ）

うろうろしてみるも収穫はなく、執務机の後ろに掛かる、黒い暗幕のようなカアテンを試しに引いてみる。

大きな四角い窓を覗けば、眼下には手入れされた広大な庭があった。ただ広大ではあれど、樋上家のように生き生きとした花木の姿はなく、整然としているだけでどこか寒々しい。

（ん？　誰かいる……？）

月明かりも頼りに、夜目が利く方な小春は、庭にいる人影を見つけた。

人数は男がふたり。顔を確認しようと、さらに目を凝らす。

（えっ、あれって……！）

そのふたりは、まさかの佐之助と蛙谷だった。

佐之助は会場にいた時の燕尾服のまま。一緒に行動しているはずの操は傍にはいないようだ。

蛙谷は着物に羽織姿でカンカン帽を被り、蛙によく似た下膨れ顔に、下卑《げび》た笑みを貼り付けている。暗い上に帽子で見えにくくとも、あの悪辣な男の顔を小春は絶対に見間違えない。

（どうして……佐之助さんと……）

最初、佐之助が蛙谷を追い詰め、捕まえようとしている場面かと小春は思った。

けれどそんな雰囲気でもなく、蛙谷がなにやら大きな風呂敷包みを佐之助に手渡している。二言三言交わす様は、密会しているようにも映った。

ともすれば、『裏切り』とも取れる光景に、小春は動揺する。

（お、落ち着いて！　今は真相を確かめようがないんだから）

咄嗟にカアテンを閉め、そろそろ霧之宮男爵が来る頃だろうと、ひとまずソファに座ろうとする。

けれど動揺は拭いされず、慣れないドレス姿もあって、小春はなにもないところで蹴躓《けつまず》いてしまう。

「きゃっ！」

転倒しそうになり、正面から向かって右側の書架へ寄りかかる。すると、ズッ……と本棚が斜めに奥へとズレて、小春は息を呑んだ。

「これ、ただの棚じゃない……扉？」

※

小春が使用人によって、男爵のもとへと連れて行かれてすぐ――。

高良はもう数秒後には、小春を取り戻したいという逸《はや》る気持ちを押さえて、会場を出て屋敷内の裏庭へと回った。

蛙谷でも、霧之宮男爵でもない、奴等の『もうひとりの協力者』を今のうちに叩くためだ。

「……若様」

「操か。どうだった？」

スッと、沙羅《しゃら》の木の後ろから現れた操は、深緑のドレス姿ではなかった。動きやすく闇にも紛れやすい、黒の木綿の着物に着替えている。

「若様の言う通り……クロ、だった」

高良の確認に、操は力なく首を縦に振った。

「……そうか。まあ、想定通りだな」

「若様にちょっと前に教えられてても、信じられなかった。本音を言うと、今けっこう悲しい」

「だがアイツにも、おそらく拠所《よんどころ》ない事情が……」

「わかっている。わかっていても、腹立つ。絶対に謝らせる」

操は目を三角に吊り上げ、メラメラと闘志を燃やしている。

（てっきり身近な存在の『裏切り』に、落ち込んでいるかと思いきや……そんな玉でもないな）

そちらの方が、高良としてもやりやすくて有難い。

「では向かうか。あれでも、俺たちは行動を共にした仲間だからな。やったことの後始末は、身内でつけるぞ」

操の案内に続いて、高良は庭の奥へと進む。

夜を彩る三日月が道標だ。

やがて見えてきた大小ふたつの人影に、高良は躊躇うことなく話し掛けた。

「――久しぶりだな、蛙谷。それと、こんなところでなにをしている？　佐之助」

ピクッと、先に反応したのは佐之助だ。肩に大きな風呂敷を載せた状態で「高良、操まで……」と、束の間、さすがに気まずそうな表情を見せる。

対して蛙谷はカンカン帽を持ち上げ、歪《いびつ》な笑みを作った。常に彼自身が纏っている瘴気は、今は上手く隠しているようだが、滲み出るいやらしさは隠せるものではない。

「これはこれは、樋上の鬼のお坊ちゃん。私のせいでここ最近は祓い屋業が忙しかったようで、なんとお詫びしたらよいものか」

「軽口はいい。お前のことだ。どうせ今回の騒動も、大した目的はないのだろう」

「おや、お坊ちゃんは私のことをよくおわかりで。今回の件はね、言わばすべて『実験』なのですよ」

「実験だと？」

眉を顰《ひそ》める高良に対し、蛙谷はくつくつと喉を鳴らす。

「私が試したかったことは、瘴気が籠った鬼物を量産できるかどうか。その量産した鬼物を多くの者に与えてみたら、世の中はどうなるのか。ほんの好奇心で実験をしてみたくて、取引を持ち掛けた上で、霧之宮男爵にもご協力頂いたのです」

その『量産した鬼物』というのが、あの鈴のことだろう。

高良はこのまま、霧之宮男爵との取引内容も聞き出したかったが、そこで佐之助が割って入った。佐之助は「いつからだ？」と、地を這うような声で高良に問う。

「いつから僕が、お前たちの仲間のフリをしながら……蛙谷と裏で繋がっているとわかった？」

「……きっかけは、鬼が封じ込められていた桐箱だな」

リュウキチの件の時、その桐箱は路地裏で操が回収した。それを高良が預かって、掛けられている術を解析したところ、掛け方のクセから術者は佐之助ではないかと、この時点で疑いを抱いていたのだ。

「鈴入りの行李を届けていたのも佐之助、お前だろう」

背の高い謎の男……その正体もまた、霧之宮男爵ではなく、佐之助であった。

自分の庭ともいえる浅草を中心に、心に闇を抱えた人間を探して選び、お得意の話術も使って唆したのだ。

最初のリュウキチの時のみ、同業者ということでさすがに直接面識があり、仕方なく家に届けた。それだけだ。

「はは……鋭い鬼の若様には、最初から全部お見通しか」

ぐしゃぐしゃと、片手で赤茶の髪を乱す佐之助。

操が一歩踏み出し、「どうして毒蛙なんかに協力しているわけ？」と問い詰める。

高良がこれまで佐之助を泳がせていたのも、疑いから確信までは決定打に欠けるということもあったが、彼の行動の理由を探っていたからだ。

（概《おおむ》ね、見当はついているがな）

それは正解であったと、佐之助の代わりに蛙谷が明かす。

「妹さんのことですよねぇ、佐之助さん？　お名前は笹音さんでしたか」

「……お前が、僕の妹の名を口にするな」

「おや、怖い。とても妹想いなお兄さんなことで」

それは――半年ほど前まで遡る。

活動弁士の仕事の後、向島で三年前からほぼ日課と化している妹探しをしていた佐之助は、突如目の前に現れた蛙谷に困惑した。

凶悪なお尋ね者だ。

祓い屋としてなら、今すぐ捕まえておひい様に引き渡すべきであった。

けれど、蛙谷はこう言ったのだ……「お探しの妹さんの居場所、私は知っておりますよ」と。

当然、言葉だけで信じるわけがなかったが、蛙谷は笹音の写真も見せてきた。消えた三年前より成長し、なぜかやけに上等な洋装のワンピースを着ていたが、間違いなく笹音だった。

ただ写真だけでは、彼女が無事に生きていることは知れても、今どこでなにをしているのかはわからない。

蛙谷はこれから自分の指示通りに動くなら、後で妹の居場所は教えてやると、佐之助を脅した。

……やっと見つけた妹の手掛かりだ。

佐之助には蛙谷の条件を呑む以外、選択肢はなかった。

「本当に、佐之助さんはよく働いてくれました。あの黒と赤の鈴はね、もとはとある村で、神事の際に村人に配られる清めの鈴だったのですよ」

蛙谷いわく、その頃の鈴は真の意味で、村人たちにとって幸運を呼ぶ御守りの鈴であったという。黒が神事に携わる者、赤が多くの村人用だった。

しかし村自体が飢饉《ききん》で廃村になり、大量の鈴は箱に入れられたまま、誰もいなくなった土地の片隅に放置されていた。その土地を買い取ったのが霧之宮男爵で、蛙谷が交渉した上で、鈴を譲り受けたのだという。

「清浄なものほど泥を被ると、反転して鬼物にも変えやすい。時間を掛けて大量の鈴を、すべて鬼物にしていきました。けれど多くの人間に配るには、これまた骨が折れる。鬼物も問題なく扱えるような、力のある協力者が必要だったのです」

「……それで、祓い屋の佐之助か」

冷たく高良が呟けば、蛙谷は鷹揚に頷く。

「優秀な祓い屋さんなら、協力者として申し分ない。たまたま、佐之助さんの妹さんに関する情報を持っておりましたので、これは使えると思った次第です」

ただでさえ厄介な蛙谷は、独自の情報網も持っている。

操は嫌悪に満ちた眼差しで、「下衆《げす》野郎」と吐き捨てた。

　佐之助がどれほど必死に妹を探していたか、彼の後輩として操は知っていた。探しても探しても、ろくな手掛かりひとつなく三年経っていたことも……。そこを利用されたら、佐之助は言いなりになるしかない。

「みんなには、騙して悪かったとは思っている。だけど僕は笹音を取り戻すためなら、他の犠牲は厭《いと》わない。手段なんて、もう選んでいられないんだ……っ！」

　佐之助の感情を押し殺した慟哭が、月明かりに溶ける。そんな彼の胸ポケットに、高良は視線を走らせた。

「そこに収まっているものは、小春が刺繍を施した手帛だな」

　バッと反射的に、佐之助はそれをポケットの上から押さえる。

　佐之助の祓い屋仲間としての言動が、舞台に立って虚構を語る時と同じだったとして……小春との出会いや、彼女への想いには、一切の嘘偽りはない。佐之助は本気で小春に救われ、再会を心から喜んでいた。

　むしろ妹のために自分自身を偽り、蛙谷に嫌々従っていた佐之助にとって、小春と接する時だけが、虚構ではなく『本当の佐之助』だった。

「僕は本気で、小春さんが好きだ。妹を取り返せたら、すべてを打ち明けて贖罪《しょくざい》はするつもりだった」

「それで口説いていたとは、虫のいい話だな。小春だけはまだ、お前の裏切りを知らない。引き返せるうちに、お前を信じている小春のためにも馬鹿なことは止めておけ」

「っ！」

「その風呂敷の中身……霧之宮男爵が、これから客に配るものだろう」

それも操が事前に調査済みだ。

配る予定のものは、金や銀を加工して作った、手鞠《てまり》の形をしたブローチだった。大振りのそれは高貴な品のよさが窺え、確かに配れば男女共に気に入って身に付けるだろう。ひとつずつ、きちんと包装もされていた。

けれど手鞠を弄ればふたつに割れ、中には赤でも黒でもない、白い鈴が入れられていたという。そこから滲み出る瘴気は桁違いだった。

「それらが行き渡れば、これまで以上に帝都は荒れる。お前が男爵に渡す手筈《てはず》だったのだろうが、越えてはならない一線だ」

「それは……っ」

諭されるまでもなく、佐之助だってそんなことは百も承知だろう。それでも初めて戸惑いを見せているのは、再会した当初よりも強まった、小春への想いが歯止めを掛けているからだ。

操も「このまま助かっても、笹音さんだって苦しむ。小春さんも悲しむだけ」と、説得を重ねる。

やれやれと、溜息をついたのは蛙谷だ。

「もうここらで、実験は終了といったところですかねぇ。面白い実験結果がたくさん得られたので、よしとしましょうか。男爵には申し訳ないですが……引き際というやつです」

少しでも分が悪くなれば、蛙谷はアッサリと手を引く。その逃げ足の速さが、ここまで捕まらず悪事を続けられている理由のひとつだった。

クルリと身を翻した蛙谷を、真っ先に操が「待て！」と追おうとする。

だが蛙谷がパチンッと指を鳴らせば、瘴気と同じく気配を絶って潜ませていたのか、木の上から何匹もの角を生やした鬼が降ってきた。

「ケケッ、ケケケ」

「邪魔……！」

鬼は操の手足に張り付いて、一気に自由を奪う。

これだけの鬼たちを祓い屋に悟られず、完璧に支配下に置くなど、蛙谷にしかできない芸当だ。

鬼は高良の方にも飛び掛かってくる。それを高良が腕で薙《な》ぎはらっているうちに、蛙谷は闇夜に消えようとしていた。

「そちらのブローチは、煮るなり焼くなりお好きにどうぞ。最後にひとつ……働いてくれた対価です、佐之助さん」

不揃いの黄色い歯を見せながら、蛙谷は「妹さんは『この屋敷』のどこかにおりますよ」と言い残していった。大きく目を見開いた佐之助の手から、風呂敷包みがドサリと地面に落ちる。

「――それでは、祓い屋の皆さん。またいずれお会いしましょう」

カンカン帽を再び持ち上げて一礼すると、蛙谷は完全に消えた。

蛙谷がいなくなっても、無数に湧いて出てくる鬼は、高良たちを標的として襲ってくる。

「チッ、面倒だな……」

庭の木々が遮蔽物《しゃへいぶつ》になって、体術やお札で対抗する高良たちには分が悪い。鬼火も使えなくはないが、これだけの数の鬼を燃やすのは骨が折れる。

（だがなんとしてでも、この鬼たちが会場までは行かぬよう、ここで食い止め……っ！）

そこで一瞬、高良は動きを止めた。

「小春……？」

すぐに我に返って鬼を一匹葬ったが、高良は今確かに、小春に呼ばれた気がした。

彼女の気配も強く感じる。

辿って上を仰げば、ちょうど見える明かりのついた二階の窓からだ。

「小春……！」

指先につけた己の痕が、嫁の危機を伝えてくる。

(今すぐ、小春のもとへ行かなくては……！)

しかし気は急いても、「ケケッ！」「キキキッ！」と牙を剥き出しにした、醜悪な鬼たちが高良の行く手を阻む。

その時、凛とした美声が庭に響き渡った。

「『お前たち、止まれ』」

何匹もの鬼の動きが、一斉に止まる。『声』を発したのは佐之助だ。

ふうと、彼は己の喉をさする。

「……これでも僕は、操や高良にもちゃんと罪悪感はあってね。いや、高良にはあまりないかな？　それでもこの場は僕が引き受けるから、今回ばかりは小春さんのところへ行っていいよ」

「佐之助、お前……」

「笹音の居場所さえわかれば、僕もようやく嘘をつかずに済む」

佐之助は喋りながらも、鬼の動きを完全に縛ったままだ。この数の鬼を御するのはさすがに厳しいようで、額にはうっすら冷や汗が浮いているが、それでも味方に回ると心強い。

「僕が解説した映画に、恋敵に塩を送る一場面があってね。今はその気分だよ。ここを片付けたら僕も妹を探すから、気にせず行って。まさかこんな近くにいたなんてね。どう思う、操？」

「私は当分、佐之助を許すつもりない。気安く話しかけないで」

ツンと返す操に対し、佐之助は「やっぱり操は手厳しいな」と笑う。

「小春さんも、許してくれないかな」

「……俺の嫁は底抜けに優しいからな。俺としては不本意だが、妹絡みなら確実に許すはずだ」

「だろうね。だから好きなんだ」

高良は苦々しい思いを、今は呑み込んでおいた。佐之助と決着をつけるのは後回しだ。

この場を操と佐之助に任せ、高良は来た道を引き返した。

燕尾服の尾を翻して、愛する嫁のもとへと急ぐ。

（待っていろ、小春――必ず助ける）

※

一方で――。

霧之宮男爵の書斎らしき部屋で、小春は書架に仕掛けがあることに気付き、次の行動に悩んでいた。

(隠し扉、っていうやつだよね)

昔の武家屋敷などでは、こういった仕組みが作られることは珍しくもなかったと聞く。

高良からの情報によると、霧之宮男爵家はもともと武家華族であったそうなので、その名残でこんな隠し扉を洋館にこさえたのかもしれない。

(この先になにか、重要な秘密がありそう……よし)

小春は意を決して、もっと力を加えて押してみる。

ゆっくりと書架を偽った扉は開いてゆき、その向こうにもうひと部屋、書斎よりも広い空間が現れた。

「ここって……」

なんとも可愛らしく、少女らしい内装だ。

花柄の壁紙に、薔薇色の絨毯。硝子製の棚に並べられた、レエスの服を着たお人形や、動物の小物。床に転がされた大きな赤い手鞠。開きっ放しのクローゼットには、色とりどりのドレスやワンピースなどが吊るされている。

「ど、どなたのお部屋なんだろう……？」

ふと振り返ってみれば、入ってきた扉の内側には、大きな肖像画が掛かっていた。十三、四ほどの利発そうなお嬢さんが、品のいい桜色のワンピース姿で綺麗に微笑んでいる。

（そういえば、霧之宮男爵の娘さんが、事故で亡くなっているって……）

この肖像画のお嬢さんがその娘で、ここは彼女の部屋だったのか。

けれどそれにしては、現在も使われている痕跡があり、なにより……。

（……室内に、薄いけど瘴気が充満している）

元を辿らずともわかる、瘴気の元である鬼物はこの肖像画だ。

少し前まで樋上邸の和館にも、高良の義母に当たる椿子《つばきこ》という女性の肖像画があったが、あれも蛙谷が目をつけるほど恐ろしい鬼物だった。絵、特に人物を描いたものは、どうやら人の念が宿って鬼物になる確率が高いらしい。

（それでも椿子様の絵よりは、まだ平気そうだよね）

これくらいならきっと、高良ならすぐに祓えるだろう。

「ううん……だあれ？」

とにかく一度部屋を出ようとしたところで、隅に置かれた天蓋《てんがい》付きの寝台から声がした。

「っ！」

のそのそと起きてきた少女は、痩せた体に寝巻用の白い浴衣を着ている。

肖像画に描かれた顔立ちに、瓜二つなほど似ているが、そちらより歳は上で小春と同じくらいだろう。決定的に違うのは、肖像画の少女は混じり気のない黒髪だが、目の前の子は珍しい赤茶髪な点だ。

（この髪色……それによく見ると、肖像画よりも彼の方に雰囲気が近いような……）

小春は慎重に「貴方のお名前は？」と尋ねてみる。

「わたし……わたしは、ささね」

「笹音さん!?　ま、松屋笹音さんですかっ？」

「まつや？　うん……そんな名前、だった気がする」

失踪した、佐之助の妹。彼女で間違いない。

まさか佐之助がずっと探し求めていた人物が、こんなところにいるとは予想だにせず、小春は必死に頭を回転させる。

（ここに笹音さんを誘拐して軟禁しているのは、霧之宮男爵しかいないよね。笹音さんは三年もここに……？　このこと、佐之助さんは知っているのかな？）

この件に絡んだ事情が、先ほど佐之助が蛙谷といたことと、なにか関連するのかもしれない。

「さ、笹音さん、私は貴方のお兄さんの仲間でして……」

「なかま？　にい、さま？」

「はい！　佐之助さん、わかりますか？」

「佐之助……兄様……」

瘴気を受けている影響だろうか、虚《うつ》ろな目でぼんやりしていた笹音はしかし、小春が喋りかけるごとに、少しずつ瞳に光が戻っていっている。

（瘴気に強い私の体質と、高良さんの気配がついていてくれているからかな）

まずはその高良のもとへ、小春は今のうちに笹音を連れ出すことにした。

陽に当たらない故か白過ぎる笹音の手を、きゅっと掴む。

「笹音さん、急いでここを脱出しましょう！　詳しいことは後で説明するので……っ！」

「――その子は、笹音なんて名前じゃないよ」

背後から聞こえた声に、小春はヒュッと心臓が縮む。

行動は一足も二足も遅かったようで、霧之宮男爵が出口を塞ぐようにして立っていた。笹音が小さく「おとうさま」と呟く。

「ああ、鞠子《まりこ》。お前にまたお友達を連れてきたつもりだったんだが、どうやらお前を危ない世界に連れていこうとする、悪いお友達だったみたいだね。いやはや……残念だよ、小春さん」

「こ、この方は鞠子さんではありません！　笹音さんです！」

「鞠子だよ、私の娘の。一度死んだけど、また私のもとに帰ってきてくれたんだ」

至極当然のように、おかしな妄想を語る霧之宮男爵に、小春はゾッとする。隈に縁取られた目の奥は、濁り切った汚泥《おでい》のようだ。

「三年前……妻と娘を亡くした私は、絶望の底にいた。だけど仕事帰りにふらりと向島に寄れば、鞠子が歩いているじゃないか。髪色は違っても、確かに鞠子だ。もう肖像画の中にしかいなかった娘が、そこにいたんだ」

「だ、だからって、ただ亡くなった娘さんに似ていただけで、笹音さんを誘拐したんですか⁉」

「鞠子だと言っているだろう？　娘が父親のもとに帰るのは当たり前だ」

この問答を続けても、埒が明かない。

小春は笹音と繋がる手に力を込めながら、別の質問を投げかける。

「この方のお兄さん、松屋佐之助さんのことはご存じですか？」

「いいや？　そんな他人、会ったこともないよ」

佐之助と霧之宮男爵に面識はない。

小春はその事実を脳に留め、質問を重ねる。

「ですが蛙谷さんのことは、ご存じですよね。貴方はその、見鬼の力などは……」

「けんきとか、知らないな。君はおかしなことばかり言うね」

彼はこの部屋の瘴気を生み出した張本人ではあるが、鬼や瘴気などについては、まったくの無知らしい。蛙谷は特に教えてもいないようだ。

「蛙谷くんと組んでいることは間違いないけれどね。私は私の目的のために、彼を支援しているだけだ。いわば、投資だね」

「投資……？」

「私の今一番の投資先が、蛙谷くんなんだよ」

――笹音を拐って、しばらくした後。

霧之宮男爵は笹音をこの部屋に閉じ込めて、信用できる使用人をつけ、何不自由なく娘として大切にした。

鞠子の肖像画から発する瘴気により、笹音も正気を失っている間は従順で大人しかった。

しかしもともと、肖像画は霧之宮男爵の狂気が宿って鬼物化したものだ。ひとりの人間を洗脳し切るまでの力はなく、笹音は度々正気に戻り、何度も「家に帰して！」

「家族に、お兄様に会わせて！」と泣いて喚《わめ》いて暴れた。

男爵がほとほと困っていたところ、どこから嗅ぎ付けてきたのか、蛙谷が現れて交渉を持ち掛けたのだ。

「男爵様のされていることは、概ね把握しておりますよ。……ああ、ご安心を。なにも私は、『娘さん』を奪いに来たわけではありません」

「男爵様が最近、別荘を建てるのに買われた土地、ございますよね？　かつての村の名残があるあそこに、大量の鈴が放置されていたかと。あちらをぜひ、私に譲って頂きたいのです」

「あんなものをなぜ欲しがるか？　なあに、ちょっとした『実験』のためですよ」

「他にも私に手を貸してくださるなら、代わりに娘さんのことはどうにか致しましょう。悪いようにはしませんよ」

そうして霧之宮男爵は、甘い毒のような蛙谷の誘惑に乗った。

とはいっても、鈴を渡してからは蛙谷側が好きに行動していただけで、男爵は時折、簡単な報告を受けていただけだった。

蛙谷が鈴におかしな力を宿らせ、それを別の協力者を使って広めて、帝都に混乱を招いていること……そのくらいは、一応把握はしていたらしい。

そして約束通り、笹音への洗脳も蛙谷が行った。男爵は知らぬことだが、肖像画の瘴気をより強めることで、意識を長く鈍らせていたのだ。

（どこまでも、笹音さんの意思を無視したことばかり！）

非人道的な蛙谷のやり方に、小春は吐き気がした。

『別の協力者』という存在も気にはなったが……それがおそらく、行李を渡していた背の高い男だろう。

（でも、それって……）

小春はその可能性に行き着くも、今はおいておく。

ここからどう笹音を逃がすか、その一点が重要だ。

霧之宮男爵は罪悪感や倫理観など、人らしい考えをどこかに置き忘れたように語る。

「私の主催する舞踏会で今度、客人に鈴を配るのはどうかというのは、蛙谷くんの案でね。あの鈴は恐ろしい力が宿っているようで、聞けば私にも利点のある提案だ。今回ばかりは私も動いて、これから実行する予定さ」

鈴を受け取った客人たちの気が触れていけば、霧之宮男爵にとって仕事上、邪魔な相手も排除できるという。

蛙谷に負けないほど、男爵も身勝手だ。小春は吐き気を通り越して怒りが湧いてくる。

キッと、霧之宮男爵を睨み付けた。

その傍では笹音が戸惑ったように、オロオロと虚ろな瞳をさ迷わせている。

「話は以上かな？　小春さん」

「……最後に。私に声を掛けたのは、どんな理由ですか」

「ああ！　ひとりぼっちじゃ、鞠子が可哀想だからね。たまに同じ年頃の女の子で、鞠子にふさわしい『お友達』を準備するんだよ」

つまりは鞠子の遊び相手だ。

その子達は瘴気を浴びせて記憶をあやふやにした上で、他言無用だとも言い聞かせてから、ちゃんと数時間で解放はしてあげていたそうだ。

霧之宮男爵は「でも、君は失敗だったな」と、生気が感じられない顔を歪める。

「君にはあまり瘴気が効かないようだし……どうするかは、後で蛙谷くんに相談しよう。舞踏会が終わるまではここにいてもらうよ。鞠子、お前はそれまで、小春さんに遊んでもらいなさい」

注意深く最後まで小春を見張りながら、霧之宮男爵は部屋を出て、重たい扉を閉めようとする。

一か八か、小春は男爵の横を通り抜けられないか思案するも……。

（……ダメ。こんな状態の笹音さんを、逃がすのは難しいよ）

束の間、正気になりかけていた笹音はまた、焦点の合わない目でぼうっと天井を見上げている。

なにもできないまま、バタンッと扉は無情にも閉じた。

霧之宮男爵の足音が遠ざかってから、小春は一応扉を開けられないか試すも、押しても引いてもビクともしない。内側からは開かない仕組みのようだ。

(外から誰かに助けてもらわないと……窓も、この部屋にはないみたいだし)

前に小春は、蛙谷によって蔵に閉じ込められた際、窓から脱出を試みた経験がある。

だが今回、それは無理そうだ。

それでも修羅場《しゅらば》をひとつ乗り越えたおかげか、頭は冷静さを保てている。

(私が今取れる、最善の行動は……！)

小春は桃色のドレスのスカートから、撫子の蒔絵根付を取り出した。

笹音はペタリと絨毯に座り込んで、赤い手鞠を膝に載せ、意味もなくコロコロと撫で続けている。そんな笹音の手に、小春は根付を握らせた。

「な、に……？」

「これをしっかり握り込んで、目を閉じてください」

まず小春は、笹音を完璧に正気に戻すことが一番だと判断した。

素直に言われた通りにする笹音の拳を、小春は両手で包み込む。

「貴方は鞠子さんじゃありません、松屋笹音さんです。笹音さんには、ちゃんと帰る家も、貴方を待つ人もいます。笹音さんのお兄さんである佐之助さんが、ずっと貴方を探しています」

——だから、私と一緒に帰りましょう。

親が小さな子を宥めるように、小春は何度もそう繰り返した。『笹音』という彼女の本当の名前を、何度となく唱える。

（お父さんとお母さんが生きていたなら、私もこんなふうに名前を呼ばれてみたかったな）

ほんの少しの寂しさを抱いていたら、笹音の伏せられた睫毛が震えた。ゆっくりと目を開く頃には、瞳にかかっていた濃い霧は晴れ、長い夢から醒めたような顔つきになる。

もとより佐之助の妹だ、瘴気に対抗し得る精神力はあったのだろう。

しっかりと、小春に焦点も合わせている。

「あ……わ、私……！」

「よかった……！　笹音さん、もう大丈夫ですよ」

「あ、貴方は？」

「吉野小春と申します。もう一度言いますが、貴方のお兄さんの仲間です。佐之助さんもいますよ、今この屋敷に」

「佐之助お兄様が……！　あ、会えるの？　私……お兄様にまた……」

「はい！　すぐにでも！」

「う、ううう……」

小春が胸を張って肯定すれば、ポロポロと笹音は泣き出してしまう。

三年もこんなところで、別人扱いで閉じ込められてきたのだ。恐ろしかっただろうし、今やっと『笹音』として涙を流せているのだろう。

小春は笹音が落ち着くまで、優しくその薄い背中を撫でた。

嗚咽《おえつ》が止まる頃、口火を切ったのは笹音だ。

「あの……小春、さん。小春さんも、私のせいでお父さ……だ、男爵に捕まってしまったのですよね？　ここから脱出する手立てはあるのでしょうか」

いまだ霧之宮男爵を『お父様』と言い掛けてしまうところは、三年での刷り込みがまだ消えていない故だろう。

正直、小春の力だけで脱出は難しい。

高良がつけてくれた指先の噛み痕ごと、小春は手をぎゅっと胸元に当てる。この噛み痕についた気配を頼りに、高良に見つけてもらうしかない現状だ。

（いや……私を捕まえているんだし、扉の外にはたぶん、見張りの使用人もいるはずだよね。それって、上手く利用できないかな？）

高良が小春の動向を把握できていたとしても、この部屋は見つけるのには手間取るだろう。脱出できるものならしたい。

「笹音さん……こんな作戦はどうでしょうか？」

「……え？」

声を絞って小春は、思い付いた作戦内容を告げる。成功率は半々といったところだが、やってみる価値はあるだろう。

「わ、わかりました。小春さんに合わせます」

神妙な顔で了承してくれた笹音に、小春は善は急げで作戦を実行した。扉の向こうにいるだろう、使用人に向かってドンドンと力一杯扉を叩く。

「空けて！　空けてください！　笹音さ……鞠子お嬢様の容態がおかしいのです！このままでは死んでしまいます！」

笹音もわざと聞こえるように、苦し気な呻《うめ》き声をあげて助けを求めた。少々大袈裟過ぎる小春の演技と違い、さすが大スタアの妹なだけあって、笹音は迫真の演技だ。

（大切なお嬢様の危機……扉を開けて、こちらの様子を確かめるはず！）

小春の作戦はまんまと成功し、「ま、鞠子お嬢様？　ご容態は……!?」と、まだ年若い男性の使用人が扉から顔を覗かせた。見張りはこの者ひとりらしい。舞踏会の方に使用人の人数も割いているのか、ひとりで助かった。

その顔に向かって、小春は思い切り鞄をぶつける。

バンッ！

「痛っ……な、なんだ⁉」

「今です！　走りますよ、笹音さん！」

使用人が怯んだ隙に、小春と笹音はその横を今度こそすり抜ける。しかしまたしても、着慣れないドレスが邪魔をした。使用人が咄嗟に、小春のひらめく桃色のドレスの裾を掴んだのだ。

どしゃりと、小春は隠し部屋を出てすぐのところで、無様に転倒してしまう。

「うっ……」

「小春さん……！」

「先に行ってください、笹音さん！」

ふたりとも捕まるよりいい。

もとより小春は、笹音だけでも先に逃がすため、彼女の後ろに続く形で脱出を図ったのだ。

笹音は一瞬立ち止まって逡巡《しゅんじゅん》したが、「すぐに助けを呼んできます！」と駆け出した。

「この……っ！　お前の仕業だな、余計なことを……！」

「は、離して！」

小春と使用人はしばらく揉み合いになるも、大の男相手では非力な小春に分が悪い。

「大人しくしろ……！」

使用人は倒れたままの小春に馬乗りになり、出し抜かれたことで頭に血が上っている故か、思い切り拳を振り上げた。

（殴られる！）

一発でも食らえば、怪我は免れない。

小春は反射的に目を瞑るも……いつまで経っても、痛みは訪れなかった。

「――俺の嫁を傷物にしかけるとは、いい度胸だな」

「高良さんっ！」

おそるおそる目を開けば、使用人の男は床に伸《の》されていた。

その男を革靴で踏みつけにする高良は、整えていた髪を乱し、燕尾服もよれよれだ。

瞳は爛々《らんらん》と、惜しみなく黄金色に輝いている。はあっと、息を荒げる様はどこか艶美でさえあり、小春は状況も忘れて魅入ってしまった。

（こんな余裕のない高良さん、初めて見た……）

それだけ、なりふり構わず助けに来てくれたということか。

「まさか隠し扉があったとはな……とにかく、無事でよかった」

起こしてくれた高良の広い胸に、小春は頬を寄せる。

すると一気に、安堵感に包まれた。

「……来てくださってありがとうございます、旦那様。信じていました」

「小春は時々、無茶をするからな」

ひょいっと、高良はそのまま小春を抱き上げる。

小春が「わっ！」と驚いてしがみつけば、高良はおかしそうに喉の奥で笑った。そこで小春は、先に逃げた笹音のことを思い出す。

「そ、そうです！　この秘密の部屋に、佐之助さんの妹さんがいて……！　か、彼女は今どこに!?　すれ違いませんでしたか!?」

「ああ、それなら……」

高良は小春の体を労りつつ抱え直し、廊下へと出た。

右に延びる通路の真ん中では、高良より一歩遅れて来たらしい佐之助と操がいて、佐之助は笹音としゃがみ込んで、固く抱き合っていた。

「笹音……！　本当に笹音なんだな？　本当の、本当に……！」

「私です、佐之助お兄様！　もう、もう二度と、お会いできないかと……！」

「……ずっと探していたんだ、お前を。やっと帰ってきてくれた」

「お兄様……」

三年越しの、兄妹の再会だ。

能力の使い過ぎか、掠れ声で「おかえり」と言う佐之助に、笹音も「ただいま戻りました」と涙を溜めて眦《まなじり》を下げる。ふたつの赤茶の髪は折り重なって、もう離れることはなさそうだ。

（佐之助さん、笹音さん……）

高良の胸に全身を預けながら、小春もじんわり目元が潤んだ。そんな高良と小春の傍に、操が猫のように忍び寄る。

「庭の鬼たち、こっちで全部片付けた。そっちも首尾は上々？」

「ああ。小春も救出したから、残すところは……」

ぬらりとそこで、黒い影が現れる。

小春たちの後ろ、通路の左側からやってきたのは、騒ぎを聞きつけたのだろう霧之宮男爵だ。彼は血の滲まんばかりの声で、「鞠子！」と笹音を呼んだ。

「ダメじゃないか、使用人もつけずに勝手に外へ出て……！　部屋に、早く部屋に帰るんだ！　お前を連れて行こうとする悪い奴等は、お父様が退治してあげるから！

鞠子は安全なところへ……っ」

周りなどほぼ見えておらず、一心不乱に言い募る男爵。

佐之助はすべてを悟ったらしい。

「お前が笹音を……！」

赤茶の髪を炎のようにうねらせて、怒りも露に佐之助は男爵に向かっていこうとする。「お兄様、待って！」と、佐之助の燕尾服の尻尾を握って制したのは、笹音本人だ。

「笹音？　なにをする気だ、危ないから下がって……」

「大丈夫です、お兄様」

ふらりとした足取りながら、笹音はしっかり一歩一歩、男爵の方へと歩んでゆく。覚悟を感じさせる彼女の行動を、誰も止められなかった。

男爵の腕が届く手前で、笹音は彼と相対する。

男爵は「鞠子……」と、縋るような目を向けた。

「霧之宮男爵。私はもう、貴方をお父様とは呼びません。私は鞠子さんではないのです」

「ま、鞠子……？　そんな悲しいことを言わないでおくれ。鞠子と私は、これからも一緒に……」

「……私は正気に戻る度に、貴方が憎かった。同時にずっと、可哀想な人だと思っておりました。このまま私を鞠子さんだと思い込んでいては、本物の鞠子さんも、奥様だって、浮かばれません」

憎悪よりも憐憫《れんびん》を含んだ表情で、笹音は男爵を真っ直ぐ見つめている。彼女にもずっと、想うところがあったのだろう。

もともとの笹音は溌剌《はつらつ》とした少女なようで、その凛とした佇まいは、確かに顔の造形は肖像画の鞠子に生き写しでも、まったくの別人であった。

霧之宮男爵にも、ようやく鞠子ではないとわかったらしい。

「あ……あ、ああ、あああ……」

ガクンと膝から崩れ落ち、うずくまって男爵は「鞠子ぉ、累《かさね》ぇ……！」と年甲斐もなく泣き喚く。累とは、亡くなった男爵の妻の名だ。

廊下にはいつまでも、悲しい男のすすり泣きが絶えなかった。

「これにて一件落着、といったところか」

松屋兄妹と男爵の様子を、一歩引いて見守っていた高良は、小さくそう呟いた。小春も頷きを返しつつ、「もう下ろしてください」と頼むも、高良に「ダメだ」と一刀両断される。

「小春は左足を捻っているだろう」

「へ……」

指摘されるまで意識の外だったが、動かしてみれば左足に違和感があった。

使用人と揉み合った時にでも負傷したようである。高良は決して、小春の些細な怪我も見逃さないらしい。

「まずは小春の手当が先か。悪いが操、後始末を押しつけてもいいか？」

「ひとつ貸し」

素直に了承した操は、改めて再会を喜び合う佐之助と笹音に、横目でちょっぴり目元を緩めてから、廊下の向こうへと消えた。佐之助を『許すつもりない』と悪態をつきながらも、なんやかんや仲間想いだ。

一拍空けて、小春と高良は視線を合わせる。

小春は高良に伝えたいことがたくさんあった。

けれど今はどうにも、言葉としてまとめられそうにない。だから一言だけ、ありったけの想いを込めて、脈絡もなくこう伝えた。

「……高良さん、お慕いしております。昔からずっと、私には貴方だけです」

意表を突かれた高良が、存外あどけない顔を晒す。

そんなところも、小春は好きだと感じて止まなかった。この想いをちゃんと、高良に受け取って欲しいと願う。

それは正しく、高良に伝わったらしい。

「それはすべて、俺の台詞だ。……愛している、小春。俺にはお前だけだ」

「はい」

自然とふたりの顔は近付いていき、触れるだけの口付けをそっと交わす。

こうして舞踏会の長い夜は、ひっそりと幕を閉じたのであった。

終章

事の顛末《てんまつ》として――。

煌びやかなはずの舞踏会は、残念ながら中断になった。

高良たちは危険な鈴入りのブローチを回収し、諸々の処理も操が中心になって終わらせた後は、警察を呼んでその場を任せた。

霧之宮男爵は誘拐の罪で逮捕。最後に警察によって連れていかれた彼は、笹音に力なく「すまなかった」と頭を下げていた。名門華族のスキャンダルだ。しばらく上流階級の社交場では、この話題で持ち切りになることだろう。

笹音は念願の家に帰ることになり、家族に涙ながらに迎えられた。

高良たち祓い屋組も、事件が一段落したところで解散。そこでひと悶着あったのは、佐之助が祓い屋を辞めると言い出したことだった。

いくら脅されていたとはいえ、裏切り行為は事実。

責任は取ると……。

しかしおひぃ様は、童女の姿で凄みさえある迫力を背負い、「このうつけ者め」と佐之助を叱りつけた。

「それで贖罪のつもりとは片腹痛いぞ、若造。責任の取り方を覚えるには、あと百年必要かい？　佐之助……これからお前さんは、やらかした分までこき使ってやるから、祓い屋のままとことん働きな。罪はタダ働きで贖ってもらうからねぇ」

愉快愉快と笑ったおひい様に、佐之助が逆らえるはずがない。

秋でも満開に咲く桜に見送られ、おひい様の屋敷を出る頃には、佐之助は今後の苦労を思って複雑な顔をしていた。

だがまだまだ、佐之助が真摯に謝るべき相手はおり……。

事件から一週間とちょっとが経って、それは実行された。

※

「さて、今夜は僕の奢りだよ。好きに食べて飲んで騒いでおくれ」

二十畳はある立派なお座敷。

置かれた長卓には、豪華かつ趣向を凝らした料理と、値の張る酒が所狭しと並んでいる。

――この場は佐之助が企画した慰労会だ。

改めて皆に詫びがしたいとのことで、費用はすべて佐之助持ちで、銀座の一見様お断りの高級料亭に皆で来ている。佐之助の従兄のご用達だそうだ。

最初は浅草で鰻を奢る予定だったはずが、「それだと足りない」と意地悪をしたのが操だった。数年先も予約で埋まっているような店を、あの手この手で押さえたのは、佐之助なりの誠意の表れだろう。

「それにしても……とってもお元気になりましたね、笹音さん！」

「はい、もう元通りです」

卓を挟んで向こう側、小春の正面に座る笹音は楚々《そそ》として微笑む。

この宴の場には、小春と祓い屋組に加え、佐之助が笹音も連れてきていた。

赤茶の髪を結い上げ、白地に笹蔓《ささつる》文様の小紋《こもん》を着た彼女は、男爵邸にいた時より顔色がよくなり、痩せた体つきも多少改善されている。

どれだけ男爵邸で大切にされて豪華な食事を与えられようと、大切な家族との日々とは比べ物にならない。

すっかり生来の明るい顔になっている。

「小春さんには、心から感謝しているのです。あの隠し部屋から、私を見つけてくださって……小春さんのおかげで、私は自分を取り戻せました」

「そんな、あれは偶然といいますか……！」

「そのことなんだけどね。笹音から聞いて僕は、ますます小春さんに惚れ直してしまったんだ」

小春の左隣を陣取る佐之助が、日本酒の杯を片手に小春の肩を抱く。茶色のスーツ姿に橙のネクタイ、妹とお揃いの色の髪を整えた彼は、活動弁士の仕事の後に参加した形だ。

「やっぱり小春さんは、僕の理想の女性だ。昔に出会った時もね、天女《てんにょ》のようだと感じたものさ」

「さ、佐之助さん？」

「僕の裏切りもあっさり許してくれて。その優しさに参っているよ」

「あ、あの、えっと」

「まずはお試しで、僕にしてみる気はない？　結婚前なら乗り換えられるよ？　高良に負けないくらい、僕は……」

とびっきりの美声を小春の耳に吹き込んで、口説き落とそうとする佐之助。

その押せ押せな様に、小春がたじたじになっていると、佐之助の額に向かってよく冷えたおしぼりが飛んできた。

「冷たっ」

ポトリと、丸まったおしぼりは畳の上に落ちる。

的確に投げて当てたのは、笹音の隣に座る操だ。

「若様が今いないからって、それ以上はダメ。引くべき」

下げ髪に黒地の銘仙と、普段と変わらぬ格好をした操は、おしぼりより冷たい目で咎《とが》める。

高良は現在、席を外していた。

というのも料亭内で、樋上商会の取引先の社長と遭遇し、あちらの宴会にも顔を出すよう呼ばれてしまったのだ。無下にもできず、一時的に出張している。

あちらは酔っ払いだらけで危ないからと、小春は置いていかれた次第だ。

「ちぇっ……わかったわかった、ここは引くよ」

仕方なく、佐之助は小春から手を離して酒を呷《あお》る。

笹音はそんな兄に「私は応援しています、お兄様！」と拳を固めていた。笹音としては、小春が義姉になってくれたら万々歳らしい。

「だいたい小春は、若様と相思相愛。佐之助の出る幕ない」

「み、操さんっ！」

第三者にそんなふうに称されると、羞恥が募るものだ。小春は頬を朱色に染めるも、諦めの悪い佐之助は「出る幕はあるさ。自分の出番は自分で勝ち取らないと」と、舞台に立つ者らしい粘りを見せる。

そこでお座敷の襖が開いて、当の高良が顔を出した。

「小春、今いいか？　少し出てきて欲しいのだが……」

襖の間から、高良の黒檀の髪がサラリと揺れる。

本日の高良は高級料亭に合わせ、小春が選んだ鉄紺の紬に、青磁《せいじ》色の羽織と、洒落た色合いでまとめていた。着こなしにも隙がない。羽織紐も中心の玉に、鬼灯が描かれた小粋なものだ。

小春が手帛を贈ってから、高良はやたら鬼灯の模様が入ったものを好むようになった。「小春が俺に合うと言ったからな」と胸を張る彼に、小春は不覚にも可愛いと感じたものだ。

「い、今行きます！」

高良からのお呼び出しに、小春は畳から立ち上がって駆け寄る。

曙色の着物の裾が、ヒラリと可憐にはためいた。

この小春が纏っている牡丹柄の着物に、浅葱色の帯、薄紫の半衿は、初めて小春が高良とお出掛けした時のものだった。

「俺のいない間に、佐之助あたりに手を出されていないな？」

「う……そ、それは、その」

正直者の小春は、その確認には返答に詰まってしまう。

高良はひと睨みを佐之助に飛ばすも、彼は飄々とした態度でゆらゆらと酒瓶を振った。

「……アイツとは今度また決着をつける。来てくれ、小春」

「あっ……で、では、すみません！　私も席を少し外します！」

高良と連れ立ってお座敷を出て、料亭の縁側から内庭へと出る。

紅葉に色付く木々と、厳かに佇む石灯篭《どうろう》の組み合わせは、どこを切り取っても溜息が出るほど美しい。

(私が働いていた料亭とは、失礼ながら格が違うというか……本当に凄いところなんだなあ)

鈴虫の鳴く声が庭を彩る。

大きな池には、金色《こんじき》の満月も浮いていた。

風流なその光景を前にして、しみじみと感服する小春に、高良は「気に入ったか？」と問い掛ける。

「取引先の社長から教えてもらったんだ。ここの内庭は、満月の夜は特別に綺麗だと。どうしても、こっそり小春に見せたくてな」

「それで、わざわざ……」

綺麗なものを共有できて嬉しそうにする高良に、小春の胸は高鳴る。これからも彼とこうして、様々なことを共にできたらいいなと思う。

その感情のまま「早く祝言を挙げて夫婦になって、新婚旅行にも行きたいですね」と話しかけたら、なぜか驚いた顔をされた。

「高良さん……？　私なにか、おかしなことを申しましたか？」

「いや……実のところ小春は、俺との結婚に乗り気ではないのではと、前々から少し危惧《きぐ》していたんだ」

「なっ！」

予想もしていなかった回答に、小春は面食らう。

だが聞けば、高良は小春の抱える憂いに気づいていて、それは己との結婚が負担になっているのではと、彼なりに悩んでいたそうだ。

（前に共寝した時にも高良さん、どこか不安気だったもんね……）

小春たちはどうやら、互いを想うあまりにすれ違っていたようだ。

胸の内に隠していた本音を、小春もやっと吐露する。

「私はただ……身分も教養もない私では、高良さんのお嫁さんにふさわしくないのではと、結婚にも臆病になっていただけなんです」

「小春……」

ぎゅっと、高良は優しい力で小春を抱き締める。

「発端は、父が結婚に反対したことだな？　俺が思うより、小春は悩んでいたんだな。すまない」

「いえ、私こそ……っ！」

「なにがあっても、俺の生涯の伴侶は小春だけだ。ふさわしくなろうなど、余計なことは考えなくていい。ありのままの小春でいてくれ」

「ありのままの私で……?」

「その小春を嫁にする日を、俺はおはじきさんと呼ばれていた頃から心待ちにしていたんだからな」

コツンと額を突き合わせて、高良は小春の心に染み込ませるように、丁寧に言い聞かせてくれる。

じわりと、小春の瞳が潤んだ。

せっかくの美しい満月もぼやけてしまう。

最後まで僅かに残っていたわだかまりが、これですべて解消された。

「かといって、俺も結婚を焦り過ぎたと反省している。父を納得させることは最優先事項だが……小春の気持ちが追い付くまでは待つさ」

「で、ですが、祝言は……」

「まだ先でもいい。俺たちは俺たちの歩みで、少しずつ夫婦になろう」

小春を囲う腕を緩めて、高良が小春の左手を取った。もう噛み痕が消えた指先に、高良はそっと唇を寄せる。

「この先も永久に、小春は俺の傍にいてくれるのだろう?」

その質問を高良からされるのは、小春は初めてのはずなのに、何故だか二回目な気がした。
答えはひとつ。最初から決まっている。
小春の返事は満月の下で、きちんと愛しい彼に届いたのだった。

おわり

あとがき

こんにちは、編乃《あみの》肌《はだ》と申します。

この度は本書をお手に取っていただき、心よりお礼申し上げます。

まさかの二巻！　皆様の応援のおかげで、小春と高良の大正ロマンスの続きをお届けできたこと、とても嬉しく思います。

今回は操&佐之助という新キャラも大活躍の回でした。特に佐之助は、高良の恋敵らしく美味しいポジションだったかと……。『実は』な一面も本編にはあって、底知れぬ感じが出せていたならなによりです。

個人的には操もお気に入りです！　小春の新しい女友達なので、ふたりではしゃいでいるところは楽しく書けました。

高良と小春については、身分差ゆえのすれ違いが発生していましたね。ここはこの時代ならではな気がします。まだまだ、自由恋愛は一般的ではない時代なので、小春が悩んで右往左往しておりました。高良もわかりづらいですが、同じくけっこう悩んでいて……。

まだ祝言までは書けなかったので、機会があればとびっきり幸せなふたりをまた、お届けできたら幸いです。

最後に。一巻に引き続き、素晴らしいカバーイラストを手掛けてくださったShabon先生、小春を守る高良の姿に痺れました！　カッコ良過ぎる高良と、可憐な小春が今巻も眼福でした。

担当様並びにスターツ出版文庫編集部の皆様には、またしても初期案から試行錯誤する中で、最後までお世話になりました。支えてくれた友人、身内、作家仲間の皆様にも感謝が尽きません。

そして読者様にありったけの愛を。いつも支えられて生きています！

ふたりの物語の続きを、ここまでお読みいただき光栄でした。

本当にありがとうございます。

どこかでまたお会いできますように。

編乃肌

この物語はフィクションです。実在の人物、団体等とは一切関係がありません。

編乃 肌先生へのファンレターのあて先
〒104-0031　東京都中央区京橋1-3-1　八重洲口大栄ビル7F
スターツ出版（株）書籍編集部 気付
編乃 肌先生

鬼の若様と偽り政略結婚二
～花嫁に新たな求婚～

2022年12月28日　初版第１刷発行

著　者　　編乃 肌

発 行 人　菊地修一
デザイン　カバー　おおの蛍（ムシカゴグラフィクス）
　　　　　フォーマット　西村弘美
発 行 所　スターツ出版株式会社
　　　　　〒104-0031
　　　　　東京都中央区京橋1-3-1　八重洲口大栄ビル7F
　　　　　出版マーケティンググループ　TEL 03-6202-0386
　　　　　（ご注文等に関するお問い合わせ）
　　　　　URL　https://starts-pub.jp/
印 刷 所　大日本印刷株式会社

Printed in Japan

ISBN　978-4-8137-1371-5　　C0193

スターツ出版文庫　好評発売中!!

『わたしを変えた恋』

転校生の彼と出会い、諦めがちだった性格が変わっていく女の子(『ラストメッセージ』望月くらげ)、「月がきれい」と呟き、付き合うことになったふたり(『十六夜の月が見ていた』犬上義彦)、毎日記憶を失ってしまう彼女に真っすぐ向き合う男の子(『こぼれた君の涙をラムネ瓶に閉じ込めて』水瀬さら)、大好きな先生に認めてもらいたくて奔走する女の子(『なにもいらない』此見えこ)、互いに惹かれ合ったふたりの最後のデートの一日(『このアイスキャンディは賞味期限切れ』櫻いいよ)。恋するすべての人が共感する切ない恋の短編集。

ISBN978-4-8137-1358-6／定価704円（本体640円+税10%）

『夜に溶けたいと願う君へ』　音《おと》はつき・著

高2の色葉は裕福な家で育ち、妹は天才ピアニスト。学校ではみんなから頼られる優等生だが、毎晩のように家を出て夜の街へと向かってしまう。誰にも言えない息苦しさから逃げるように——。そんなある夜、同じクラスの瓦井睦と家出中に偶然出会う。学校でも浮いた存在の彼と隠れて会ううち、色葉は次第に“いい子”を演じていた自分に気づく。家にも学校にも居場所がない色葉に、睦は「苦しかったら逃げたらいい」と背中を押してくれて——。

ISBN978-4-8137-1356-2／定価671円（本体610円+税10%）

『春夏秋冬あやかし郷の生贄花嫁』　琴織《ことおり》ゆき・著

かつては共存していた人と妖。だが、戦により世界は隔てられ、その真実を知るのは今や江櫻郷の民のみとなった。そんなある日、人と妖の世界を繋ぐ冥楼河に季節の花が流れてくる。それは、妖の長に生贄を差し出さなければならない知らせだった——。生贄となった少女は方舟に乗ってゆっくりと霧深い河川を進み、やがて妖の世界へとたどり着く。そこで待っていたのは……？　これは、天狗・朔弥、鬼・和月、狐・綴、白竜・闇の生贄として召し出された少女たちが、愛を知り、幸せになるまでの4つのシンデレラ物語。

ISBN978-4-8137-1357-9／定価704円（本体640円+税10%）

『平安後宮の没落姫』　藍《あい》せいあ・著

有力者であった父を亡くし、従姉の慶子とその家族に虐げられてきた咲子。ある日、慶子に連れられ侍女として後宮入りすると、そこで出会った帝・千暁は、幼い頃から想い続けてきた初恋の人で…!?　千暁は咲子に和歌を送ることで十年来の愛を告げ、妃として寵愛する。身分の低い侍女の自分が、慶子を差し置いて帝と結ばれることなどないと考えていた咲子。しかし、「俺の皇后になるのは、お前以外考えられない」と千暁からさらなる愛を注がれて…!?　平安後宮シンデレラストーリー。

ISBN978-4-8137-1359-3／定価638円（本体580円+税10%）

スターツ出版文庫　好評発売中!!

『君の傷痕が知りたい』

病室で鏡を見ると知らない少女になっていた宮（『まるごと抱きしめて』夏目はるの）、クラスの美少女・姫花に「世界を壊してよ」と頼まれる生徒会長・栄介（『世界を壊す爆薬』天野つばめ）、マスクを取るのが怖くなってきた結仁（『私たちは素顔で恋ができない』春登あき）、生きづらさに悩む片耳難聴者の音織（『声を描く君へ』春田陽菜）、今までにない感情に葛藤する恵美（『夢への翼』けんご）、親からの過剰な期待に息苦しさを感じる泉水（『君の傷痕が知りたい』汐見夏衛）。本当の自分を隠していた毎日から成長する姿を描く感動短編集。

ISBN978-4-8137-1343-2／定価682円（本体620円+税10%）

『ある日、死んだ彼女が生き返りました』　小谷《こたに》杏子《きょうこ》・著

唯一の心許せる幼馴染・舞生が死んでから三年。永太は生きる意味を見失い、死を考えながら無気力な日々を送っていた。そんなある日、死んだはずの舞生が戻ってくる。三年前のままの姿で…。「私が永太を死なせない！」生きている頃に舞生に想いを伝えられず後悔していた永太は、彼女の言葉に突き動かされ、前へと進む決意をする。さらに舞生がこの世界で生きていく方法を模索するけれど、しかし彼女との二度目の別れの日は刻一刻と近づいていて——。生きる意味を探すふたりの奇跡の純愛ファンタジー。

ISBN978-4-8137-1340-1／定価682円（本体620円+税10%）

『後宮医妃伝二 ～転生妃、皇后になる～』　涙鳴《るいな》・著

後宮の世界へ転生した元看護師の白蘭は、雪華国の皇帝・琥劉のワケありな病を治すため、偽りの妃となり後宮入りする。偽りの関係から、いつしか琥劉の無自覚天然な溺愛に翻弄され、後宮の医妃として居場所を見つけていく。しかし、白蘭を皇后に迎えたい琥劉の意志に反して、他国の皇女が皇后候補として後宮入りすることに。あざといほどの愛嬌で妃嬪たちを味方にしていく皇女に敵対視された白蘭は、皇后争いに巻き込まれていき——。2巻はワクチンづくりに大奮闘!? 現代医学で後宮の陰謀に挑む、転生後宮ラブファンタジー！

ISBN978-4-8137-1341-8／定価737円（本体670円+税10%）

『後宮異能妃のなりゆき婚姻譚～皇帝の心の声は甘すぎる～』　及川《おいかわ》桜《さくら》・著

「人の心の声が聴こえる」という異能を持つ庶民・朱熹。その能力を活かすことなく暮らしていたが、ある日餡餅を献上しに皇帝のもとへ訪れることに。すると突然、皇帝・曙光の命を狙う刺客の声が聴こえてきて…。とっさに彼を助けるも、朱熹は投獄されてしまうも、突然皇帝・曙光が現れ、求婚されて皇后に。能力を買われての後宮入りだったけれど、次第にふたりの距離は近づいていき…。『かわいすぎる…』『口づけしたい…』と冷徹な曙光とは思えない、朱熹を溺愛する心の声も聴こえてきて…!?　後宮溺愛ファンタジー。

ISBN978-4-8137-1342-5／定価660円（本体600円+税10%）

スターツ出版文庫　好評発売中!!

『余命　最後の日に君と』

余命を隠したまま恋人に別れを告げた主人公の嘘に涙する（『優しい嘘』冬野夜空）、命の期限が迫る中、ウエディングドレスを選びにいくふたりを描く（『世界でいちばんかわいいきみへ』此見えこ）、大好きだった彼の残した手紙がラスト予想外の感動を呼ぶ（『君のさいごの願い事』蒼山皆水）、恋をすると寿命が失われる病を抱えた主人公の命がけの恋（『愛に敗れる病』加賀美真也）、余命に絶望する主人公が同じ病と闘う少女に出会い、希望を取り戻す（『画面越しの恋』森田碧）――今を全力で生きるふたりの切ない別れを描く、感動作。

ISBN978-4-8137-1325-8／定価704円（本体640円+税10%）

『だから私は、今日も猫をかぶる』　永月《みずき》つゆ・著

母が亡くなり、父が再婚したことがきっかけで〝いい子〟を演じるようになった高２の花枝七海。七海は家でも学校でも友達といるときも猫をかぶり、無理して笑って過ごしていた。そんなある日、七海は耐え切れず日々の悩みをＳＮＳに吐き出す。すると突然“あお先輩”というアカウントからコメントが…。『俺の前ではいい子を演じようと無理しないで。ありのままでいて』そんな彼の言葉に救われ、七海は少しずつ前へと進みだす――。自分と向き合う姿に涙する青春恋愛物語。

ISBN978-4-8137-1327-2／定価660円（本体600円+税10%）

『鬼の生贄花嫁と甘い契りを三～鬼門に秘められた真実～』　湊《みなと》祥《しょう》・著

鬼の若殿・伊吹から毎日のように唇を重ねられ、彼からの溺愛に幸せな気持ちいっぱいの凛。ある日、人間界で行方不明者が続出する事件が起き、被害者のひとりは、なんと凛の妹・蘭だった。彼女はかつて両親とともに凛を虐げていた存在。それでも命が危うい妹を助けたいと凛は伊吹に申し出、凛のためなら一緒に立ち向かうと約束してくれる。狛犬の阿傍や薬師・甘緒の登場でだんだんと真実に迫っていくが、伊吹と凛のふたりの愛を引き裂こうとする存在も現れて…⁉　超人気和風あやかしシンデレラストーリー第三弾！

ISBN978-4-8137-1326-5／定価671円（本体610円+税10%）

『後宮薬膳妃～薬膳料理が紡ぐふたりの愛～』　朝比奈希夜《あさひなきよ》・著

薬膳料理で人々を癒す平凡な村娘・麗華。ある日突然、皇帝から呼び寄せられ後宮入りすると、そこに皇帝として現れたのは、かつて村で麗華の料理で元気になった青年・劉伶だった。そして麗華は劉伶の専属の料理係に任命されて…⁉　戸惑う麗華だったが、得意の料理で後宮を癒していく。しかし、ただの料理係だったはずが、「麗華を皇后として迎え入れたい」と劉伶のさらなる寵愛を受けて――。薬膳料理×後宮シンデレラストーリー。

ISBN978-4-8137-1328-9／定価682円（本体620円+税10%）

スターツ出版文庫　好評発売中!!

『君がくれた物語は、いつか星空に輝く』　いぬじゅん・著

家にも学校にも居場所がない内気な高校生・悠花。日々の楽しみは恋愛小説を読むことだけ。そんなある日、お気に入りの恋愛小説のヒーロー・大雅が転入生として現実世界に現れる。突如、憧れの物語の主人公となった悠花。大雅に会えたら、絶対に好きになると思っていた。彼に恋をするはずだと──。けれど現実は悠花の思いとは真逆に進んでいって…⁉「雨星が降る日に奇跡が起きる」そして、すべての真実を知った悠花に起きた奇跡とは──。

ISBN978-4-8137-1312-8／定価715円（本体650円+税10%）

『この世界でただひとつの、きみの光になれますように』　高倉《たかくら》かな・著

クラスの目に見えない序列に怯え、親友を傷つけてしまったある出来事をきっかけに声が出なくなってしまった奈緒。本音を隠す日々から距離を置き、療養のために祖母の家に来ていた。ある日、傷ついた犬・トマを保護し、獣医を志す青年・健太とともに看病することに。祖母、トマ、そして健太との日々の中で、自分と向き合い、少しずつ回復していく奈緒。しかし、ある事件によって事態は急変する──。奈緒が自分と向き合い、一歩進み、光を見つけていく物語。文庫オリジナルストーリーも収録！

ISBN978-4-8137-1315-9／定価726円（本体660円+税10%）

『鬼の花嫁　新婚編一～新たな出会い～』　クレハ・著

晴れて正式に鬼の花嫁となった柚子。新婚生活でも「もっと一緒にいたい」と甘く囁かれ、玲夜の溺愛に包まれていた。そんなある日、柚子のもとにあやかしの花嫁だけが呼ばれるお茶会への招待状が届く。猫又の花嫁・透子とともにお茶会へ訪れるけれど、お屋敷で龍を追いかけていくと社にたどり着いた瞬間、柚子は意識を失ってしまい…。さらに、料理学校の生徒・澪や先生・樹本の登場で柚子の身に危機が訪れて…⁉　文庫版限定の特別番外編・外伝 猫又の花嫁収録。あやかしと人間の和風恋愛ファンタジー新婚編開幕！

ISBN978-4-8137-1314-2／定価649円（本体590円+税10%）

『白龍神と月下後宮の生贄姫』　御守《みもり》いちる・著

家族から疎まれ絶望し、海に身を投げた17歳の澪は、溺れゆく中、巨大な白い龍に救われる。海中で月の下に浮かぶ幻想的な城へたどり着くと、澪は異世界からきた人間として生贄にされてしまう。しかし、龍の皇帝・浩然はそれを許さず「俺の妃になればいい」と、居場所のない澪を必要としてくれて──。ある事情でどの妃にも興味を示さなかった浩然と、人の心を読める異能を持ち孤独だった澪は互いに惹かれ合うが…生贄を廻る陰謀に巻き込まれ──。海中を舞台にした、龍神皇帝と異能妃の後宮恋慕ファンタジー。

ISBN978-4-8137-1313-5／定価671円（本体610円+税10%）

スターツ出版文庫　好評発売中!!

『わたしを変えた夏』

普通すぎる自分がいやで死にたいわたし（『だれか教えて、生きる意味を』汐見夏衛）、部活の人間関係に悩み大好きな吹奏楽を辞めた紘葉（『ラジオネーム、いつかの私へ』六畳のえる）、友達がいると妹に嘘をつき家を飛び出した僕（『あの夏、君が僕を呼んでくれたから』栗世凛）、両親を亡くし、大雨が苦手な葵（『雨と向日葵』麻沢奏）、あることが原因で人間関係を回避してきた理人（『線香花火を見るたび、君のことを思い出す』春田モカ）。さまざまな登場人物が自分の殻をやぶり、一歩踏み出していく姿に心救われる一冊。

ISBN978-4-8137-1301-2／定価704円（本体640円+税10%）

『きみと僕の５日間の余命日記』　小春《こはる》りん・著

映画好きの日也は、短編動画を作りSNSに投稿していたが、クラスでバカにされ、孤立していた。ある日の放課後、校舎で日記を拾う。その日記には、未来の日付とクラスメイトの美女・真昼と出会う内容が書かれていた——。そして目の前に真昼が現れる。まさかと思いながらも日記に書かれた出来事が実際に起こるかどうか真昼と検証していくことに。しかし、その日記の最後のページには、５日後に真昼が死ぬ内容が記されていて…。余命×期限付きの純愛ストーリー。

ISBN978-4-8137-1298-5／定価671円（本体610円+税10%）

『夜叉の鬼神と身籠り政略結婚四～夜叉姫の極秘出産～』　沖田《おきた》弥子《やこ》・著

夜叉姫として生まれ、鬼神・春馬の花嫁となった凛。政略結婚なのが嘘のように愛し愛され、幸せの真っ只中にいた。けれど凛が懐妊したことでお腹の子を狙うあやかしに襲われ、春馬が負傷。さらに、春馬ともお腹の子の性別をめぐってすれ違ってしまい…。春馬のそばにいるのが苦しくなった凛は、無事出産を迎えるまで、彼の知らない場所で身を隠すことを決意する。そんな中、夜叉姫を奪おうと他の鬼神の魔の手が伸びてきて…!?鬼神と夜叉姫のシンデレラストーリー完結編！

ISBN978-4-8137-1299-2／定価660円（本体600円+税10%）

『後宮の生贄妃と鳳凰神の契り』　唐澤《からさわ》和希《かずき》・著

家族に虐げられて育った少女・江瑛琳。ある日、瀕死の状態で倒れていた青年・悠炎を助け、ふたりの運命は動き出す。彼は、やがて強さと美しさを兼ね備えた国随一の武官に。瑛琳は悠炎を密かに慕っていたが、皇帝の命により、後宮の生贄妃に選ばれてしまい…。悠炎を想いながらも身を捧げることを決心した瑛琳だが、神の国にいたのは偽の鳳凰神で…。そんなとき「俺以外の男に絶対に渡さない」と瑛琳を迎えに来てくれたのは真の鳳凰神・悠炎だった——。生贄シンデレラ後宮譚。

ISBN978-4-8137-1300-5／定価638円（本体580円+税10%）